scene

人 生 風 景 · 故 事 現 場

この手紙、とどけ！

106歳の日本人教師が88歳の台湾人生徒と再会するまで

# 終於寄達的信

106歲日本教師與88歲台灣學生的感人重逢

西谷格 著　葉韋利 譯

鳥 日

跨越戰後70年，
聯繫日本與台灣的
一封信。

目次

序章

# 為什麼郵差會寄送
# 「查無此人」的信件？

## 「查無此人」的信件

二〇〇七年正式營運的台灣高鐵，引進日本新幹線的技術，讓原先台北到台中大約三小時的車程縮短到僅僅一小時即可抵達。

表面上聽起來很不錯，實際上使用者卻抱怨轉乘不便，據說通車以來持續虧損。

在高鐵台中站下車，距離大約兩公里的烏日是個很小的地方，從烏日區的這一頭走到另一頭差不多只要十分鐘。沒有什麼大型商業設施，只有一排餐館、雜貨店、水果店等小店鋪的商店街，至於住宿的地方，唯有一間家族經營的廉價小旅社。整個烏日區瀰漫在優閒的氣氛中。

在這裡，四層樓高的烏日郵局格外醒目。從正門走進去，會看到手上拿著小包裹的人在窗口前排隊，裡頭則是辦理儲匯業務的窗口，整體感覺跟日本的郵局非常類似。

任職於烏日郵局的郭柏村（採訪當時為二十八歲），他說，當初真的沒

處理該封信件的幾位烏日郵局郵差。（圖左為郭柏村）

想到自己牽涉到的工作後來會變成一件大事。

他在機緣巧合之下，負責寄送一封來自日本但「查無此人」的信件，而他也成功完成使命。然而，在這封信件送達之後，竟然在日本與台灣之間掀起了一陣小風波。

我在二〇一五年六月訪問到他，已經是信件送達的三個月之後。

我問他，對於順利送達信件有什麼看法。

他露出含蓄的笑容說：「尋找地址的過程費了很大工夫，但幸好最後能順利送達，也讓我盡了郵差的責任。」

在他的心中，只想著盡一名郵差該盡的責任，並不因為這件事上了新聞而沾沾自喜，他始終一派自然，令我印象深刻。

這位進入郵局第三年的年輕人，五官端正俐落，臉上那副黑框眼鏡十分適合他。因為他的帥氣，同事也給他取了「小馬」這個綽號。只是他最近結婚，這個「小馬」也帶了點「種馬」的意思在內。工作時，他穿著墨綠色制服，揮汗負責撿信分信以及投遞的工作。

郭柏村出生的一九八七年，恰好台灣政府解除戒嚴令（軍政時期的獨裁命令，嚴格限制言論等自由），在他嬰兒時期，東西方的冷戰結束。同一時期，日本來到泡沫經濟的巔峰，台灣對岸的中國大陸則引進了市場經濟，速食餐廳如肯德基、麥當勞都在中國開設了第一間分店。

當時的全球情勢出現了重大變化，台灣社會也開始邁向新時代。就在郭柏村出生的隔年，一九八八年，曾在日治時期留學京都帝國大學的李登輝就任總統（第一任為代理），陸續實踐民主化政策。

我出生於一九八一年，我們倆只差六歲，一下子就混熟了。採訪當時，我在上海靠文字工作維生，在中國生活邁入第六年。大陸與台灣之間雖有不同，但我們能同樣以中文來溝通，相信也幫了大忙。

## 「美好傳統昭和時代」的光景

我想找他單獨好好聊聊，於是提出採訪邀請，跟他約好星期天傍晚碰面。時間一到，郭柏村就騎著一輛白色的二五〇CC山葉機車，出現在我寄宿的旅館門口。

他穿著淡酒紅色的POLO衫，搭配一條水洗牛仔褲，腳上套著麻質休閒鞋，一身清爽的穿搭，右手戴著一只精工錶。他說是結婚紀念的禮物。

他遞給我一頂安全帽，要我坐上機車後座，說到附近的咖啡廳。機車行駛到大馬路上，遇到紅燈停下來。郭柏村轉過頭來笑著對我說：「我想先帶你去個地方看看。」

當他停好車，我看看旁邊，竟然有一排日式平房。一時之間我甚至有種穿越時空的感覺，彷彿回到過去的日本。

不，雖說「過去」，但其實我對昭和時期幾乎沒有記憶，對我而言，應該是指存在於電視與電影裡頭那幅「美好傳統昭和時代」的光景吧。

一問之下，原來這是以文學為主題的「台中文學公園」，由台中市文化局將日治時期的警察宿舍改建而成。

即使在日本，這麼仔細重新翻修的建築也不多。這排房子並不像其他海外常看到的那種只有表面帶點日本民俗風，而是極盡忠實重現了當時的復古之美，恐怕連日本人也甘拜下風。

公園正中央有棵樹齡超過百年的大樹，散發出高潔寧靜的氣氛。

郭柏村會帶我來這裡，並不是因為對日本統治台灣有特別的讚美。話說回來，當然也沒有負面的批評。只是用一種很輕鬆的心情，想告訴我「有個跟日本有淵源、很漂亮的地方喔。」如此而已吧。

## 「桃太郎」

我們在公園裡一邊散步，一邊閒聊。

「我昨天去宜得利找保溫瓶，看了好多牌子，最後買了日本的象印牌。總覺得日本製的產品好用而且品質也有保障。」

在日本迅速成長的家具店「宜得利」，二〇〇七年在台灣開設第一間分店，目前全台灣已經有超過二十間分店。不僅宜得利，其他像是摩斯漢堡、大戶屋、無印良品等日系商店、餐廳，在台灣並不罕見。

郭柏村對於日本產品有好印象，有一部分是受到出生於日治時代的祖母影響。

「不管是零食、藥品還是日用品，我奶奶什麼都愛用日本貨。象印的保溫便當盒她也用得很開心。雖然進口貨會稍微貴一點，但她對日本的產品就是有種特殊的喜愛跟堅持。」

走進台灣的便利商店，會對於貨架上日本商品數量之多大為吃驚。日本產品在台灣日常生活中使用得非常頻繁，超乎日本人的想像。

「台灣賣得最好的汽車廠牌是TOYOTA。我們對日本貨的印象就是精緻又耐用。」

我充分感受到，他真的很喜歡日本的產品。

走出公園之後，我們又騎上機車行駛一段路來到郊外，抵達一間氣氛很不錯，外型像是小木屋的咖啡廳。

郭柏村說：「我喝咖啡晚上會睡不著。」於是他點了一杯可爾必思。

咖啡廳裡賣可爾必思也很有意思。這種源自日本的飲料，竟然如此深入台灣人的生活。

郭柏村出生於台中市郊，國小、國中和高中念的都是當地的學校。外公、外婆在他還是小嬰兒時就過世，爺爺在他念小學時，奶奶則是在我們碰面不久之前，也就是二〇一五年年初去世。他還記得，小時候奶奶會唱日文歌「桃太郎」給他聽。

「mo-mo-ta-ro-san mo-mo-ta-ro-san 啦啦啦啦啦 啦啦啦啦啦……就這首歌啊，我也會唱幾句喔。」

他哼了開頭的一小段給我聽。

「我奶奶到了晚年，快九十歲了還是講日文『空泥幾哇』，唱也唱日文歌。果然小時候的記憶一直留在腦子裡呢。」

郭柏村則是從念小學就愛看日本的漫畫、動畫，聽日本流行歌。像《七龍珠》、《名偵探柯南》、《灌籃高手》這些漫畫他全都收集齊全，他也買了

X JAPAN的專輯《紅》、《ENDLESS RAIN》等CD，很欣賞日本的搖滾樂團。

話雖如此，在他心中日本也沒什麼特別。只因為我是日本人，所以他才順帶一提吧。

對台灣的想法，應該也差不多吧。

直到看見了那封信。

## 「總覺得放不下」

我們到了二樓找張桌子面對面坐下，還沒講幾句話，店員就走過來說：「我們營業到六點。」郭伯村向店員點點頭示意，「不好意思，我們馬上離開。」

之後，我們更換地點到了一間賣鍋貼的小吃店，一起吃晚飯。他幫我拿了小碟子、筷子，讓我覺得這個人很細心又體貼。最後，還剩下一點滷海帶，他說：「一起吃掉吧。」

迅速吃完，餐桌上的食物一乾二淨。

他接著說道：「我把那封信放進『查無此人』的箱子裡，就去忙別的事了。不過，心裡總覺得放不下。畢竟那封厚厚的信是從日本寄來，而且還是用毛筆寫的。我覺得，好像不能就這樣直接把信退回。」

這股直覺，在日後創造了奇蹟。

第1章

# 在高木老師的信件送到學生手中之前

## 一〇六歲的高木老師

二〇一五年一月，台灣電影《KANO》在日本上映。這部根據史實改編的運動電影，內容講的是日治時期的一九三一年，位於台灣南部的嘉義農林學校（現在的國立嘉義大學）棒球隊代表台灣跨海參加甲子園大賽，以首次打進甲子園之姿，卻一路打到總決賽，對上愛知縣的強敵中京商業學校（現在的中京大學附屬中京高等學校）的故事。雖然最後以四比〇落敗，這場球賽仍深深打動觀眾，甚至比賽結束時在觀眾席上引起盛大回響，眾人高喊：「天下嘉農（KANO）！」

嘉義農林學校棒球隊的球員包含了日本人、漢人及台灣原住民三個不同族群。有擅長守備的日本人、具備打擊能力的漢人，以及腳程飛快的原住民，各自發揮特長，再由日本人教練組成這支球隊。

電影描寫了日本統治下的台灣社會因戰爭帶來的衰敗，還有在這個大環境下拚命求生存的日本人與台灣人之間的交流。

烏日公學校的團體照。高木女士是前排右一。

住在日本熊本縣玉名市的高木波惠女士（一〇六歲），聽到這部電影上映的消息時，想起曾在台中市烏日區的村公所聽過這場比賽的現場轉播。當時收音機非常貴重，據說是村子裡有頭有臉的人特地在比賽當天帶到村公所。對那時候的人來說，收音機是能收聽到遠方聲音的「文明利器」，大概就相當於現代的3D印表機或家用機器人，是人人稱羨的電器用品。

總決賽是一九三一年八月二十一日。距今超過八十年，早就塵封已久的古老記憶，竟因為這部電影而再次喚醒。

這場比賽結束後僅僅一個月，中國就爆發了九一八事變，但在台灣的生活仍然尚稱安穩。

高木女士當年二十二歲，在台灣生活，任職於村公所附近的「烏日公學校」，是一名教師。

那時候日本人子弟上的是「小學校」，而台灣人子弟念的則叫做「公學校」，課程針對不會說日語的台灣人設計。後來隨著台灣人的日語能力提升，一九四一年修改了「台灣教育令」，而將公學校與小學校整合起來，通稱「國民學校」。

這就是高木女士在台灣任職教師的時代。

因為這部電影喚醒過去記憶的高木女士，不禁想起曾教過的那群學生。將近二十年前還會收到不少學生寄來的賀年卡或敘述近況的信件，然而一九九九年台灣發生了九二一大地震，此後音訊全無。除了地區重劃後地址更改之外，彼此年紀都大了，寫封信也感到吃力。

對啦！那就再寄封信試試吧！視力已經不太好的高木女士，要她的女兒代筆。

對於相隔這麼久再次通信的對象，她挑選的是當年二、三年級的班長楊漢宗（八十八歲）。高木女士認為，楊漢宗從公學校畢業後擔任警察，他或許會知道班上其他同學的狀況。

## 來自遙遠日本的久違問候

高木女士的長女惠子（七十六歲）在和室的桌子上準備好和紙與毛筆，聽著母親口述，一邊將毛筆沾滿墨水揮毫寫下。隨著高木女士口中流瀉出的一字一句，一大張和紙轉眼間已經填滿。

「春節愉快。二月十八日，來自日本，致睽違已久的楊漢宗先生。

高木波惠年滿一百零六歲，謹由女兒惠子（當年還在襁褓中，母親曾為哺乳方便帶我到烏日公學校）代筆此信。家母仍非常硬朗。

每當看到台灣的電影、相關時事或是旅遊節目，都感到相當懷念，甚至記起各位的名字與我聊起往事。像是楊滿福、林汝松、胡土木、林清田、陳岩火等人，還有其他許多名字。

令人懷念的各位烏日公學校畢業生，近來可好？希望讓各位知道，家母身體還健康，而且頭腦清楚。

在日本即將上映的台灣電影，內容講的是高中棒球甲子園大賽嘉義農林對中京商業的總決賽，有報社（朝日新聞社）知道當初家母曾在烏日公所收聽這場比賽的實況廣播，約定今天來老家採訪。

夏季甲子園大賽是由朝日新聞社主辦。據說台灣烏日能收聽到從日本發出的廣播頻率，是非常難得的。」

「這讓家母更加想知道各位近來是否安好，於是要我致信詢問您這位當年成績優秀又聰明的學生（我手邊有家母的近照，若是能收到您的回信，日後再次寄出）。冒昧打擾，還請見諒。」（文中標點符號均由筆者補上）

這封信加上當年畢業團體照及學生名冊影本，裝在一只白色信封中，收件人寫著「中華民國台灣省台中縣烏日鄉榮泉村中山路長壽巷24號　楊漢宗樣」，並貼上面額九十日圓的郵票。明知這是舊地址，不確定能否順利送達，但除此之外，也別無他法。在賭一把的心情下，祈禱對方能收到，寄出了這封信。

**「這一定非常重要！」**

這封信在二月下旬寄達台中市區的烏日郵局，卻沒有繼續寄送。原因是信上寫的地址目前已經停用，被認定「查無此人」。依照規定，查無收件人的郵件必須退還給原寄件人。這封信之所以沒落到這種下場，就是因為一群台灣郵差的勤奮不懈。

最後將這封信順利送達的就是哼唱著「桃太郎」的郭柏村。

郵局內部的作業區會將郵件依照各個派信地區分類，陸續放到對應的格架上。郭柏村看到高木女士那封信時，已經因為查無收件人而退回郵局一次了。

「我把高木老師的信丟進查無收件人的箱子裡，就去忙其他事。不過，心裡卻一直放不下那封信。」

於是，他去找了其他資深員工討論該怎麼辦。

坐在附近的主管陳惠澤（五十五歲）聽完郭柏村說明的狀況後站起來，

跑到他身邊搶過那封信，反覆端詳。

「一看到信封，就覺得這封信一定很重要。看起來像是寄給家人或是親戚，總之是給很親近的人，很特別的信。」

陳惠澤激勵部屬：「無論如何都要找出現在正確的地址，把信送達！」

他也親自打電話到區公所的戶籍登記課，對方卻以保護個人資料為由而拒絕透露。幾個人思考著其他方法，同時找出留在郵局的舊地址紀錄，一頁一頁翻找，卻沒有任何斬獲。

最後四名郵差決定在工作之餘挨家挨戶訪查，祭出地毯式搜索法。

## 直覺產生奇蹟

即使違反郵局規定仍決定相信自己直覺的陳惠澤，或許是個有些另類的郵局行員。

灰白的粗眉毛，黑框眼鏡後露出炯炯目光，將近一百公斤的龐大身軀在郵局內大搖大擺。在辦公場所經常穿著一件印有支持「揭弊者保護法」立法的政治口號的黑色T恤，在一群人中特別醒目。

他好像生來就是急公好義的個性，加上身在郵局金融櫃臺第一線，屢屢遭遇匯款詐騙罪犯，他甚至將這些所見所聞集結成冊，出版了《詐騙集團現形記》（白象文化）一書。

陳惠澤調派到這個部門並不久，卻已大大改善工作環境。郵局的電梯裡貼了一張大海報，上頭寫著「下班了！快回家！健康、家人最重要！」呼籲同仁不要加班。聽說這張海報就是陳惠澤貼的。

「陳大哥調來之後，我們幾乎不再加班，工作起來愉快多了。大家都很感謝他。」

部屬一致對他讚譽有加，但他在政治上的主張，還擅自出書，加上訴求改善工作環境等等的態度，似乎受到上層主管相當大的「關切」。據說他的著作出版時還被要求得寫悔過書，只是他連這件事也不聽話，至今仍未繳交。

「上面的主管反對找出那封信的正確地址，他們認為專程挨家挨戶去問，不但違反規定，還浪費人事費用。不過，想想我們郵差的使命究竟是什麼？我認為無論如何都得把這封信順利送達！」

陳惠澤激動的說。

在組織中工作，偶爾遇到一些不合理的狀況，多數人會選擇隱忍不發，若與自己無關也就袖手旁觀，不會強出頭。然而，陳惠澤可不是這種人。

當然，你也可以把他視為怪胎，但若不是這種人，就不會寧可忽視上級命令也要找出那封信的正確地址吧。

陳惠澤認為這封信「絕對必須送達」的理由是，「這封信從日本寄來，厚厚一疊，上面的字是用毛筆寫的，而且寫的還是舊地址。」

反過來說，也就只有這幾點。

郭柏村要將那封信丟回箱子裡時覺得「這樣不對」，加上他的主管陳惠澤也覺得這封信不尋常。兩人的直覺，創造了日後的奇蹟。

## 「日文信！」

幾名郵差挨家挨戶的打聽：「聽過這個名字嗎？」有時還被住戶的看門狗狂吠，就這樣搜尋了大約十天。三月六日，在舊地址附近送信的郭柏村獲得一則振奮人心的消息！一名中年女性回答他：「楊漢宗？不就是楊本容的爸爸嗎？」楊本容（六十八歲）過去曾是這個地方的里長，很有名望，一下子就問出他現在的地址。

郭柏村立刻騎機車前往楊本容的住家，把那封厚厚的信交給他太太。當然他也可以丟進楊家的信箱，但好不容易才找到，說什麼都要親手交給對方。

主管陳惠澤交代他，「找到地址順利送達之後，記得跟收件人拍張合照留念。」

但這實在有點難為情，郭柏村沒能照辦。

信件順利送達了，照理說事情也告一段落，事實卻不然。

楊本容家裡收下之後，並沒想到這是封重要的信件，連開封都沒開，就跟其他文件一起放在桌上。

這個時代，要說收到之後必須立刻開封確認的郵件，大概只有水電、瓦斯的繳費單吧。畢竟，現在幾乎沒有人會特別寫信往來。信箱裡多半都是些傳單、銀行通知等這類無關緊要的郵件。這一點，無論在日本或台灣都一樣。

剛收到時，楊本容以為這封信同樣也沒什麼大不了。

再次多虧了郭柏村的主管陳惠澤。

聽到郭柏村報告「信件順利送達」後，陳惠澤雖然鬆了一口氣，仍不免好奇信件的內容。他很想知道究竟寫了什麼，剛好有一名部屬認識楊本容的長女（楊漢宗的孫女），便透過這名部屬探聽狀況。這才知道信根本還沒拆封，於是他催楊家人快點拆信。

楊本容在催促之下，終於在收到信大約一星期之後拆封。不過，信裡寫的全是日文，他只能從一些漢字東拼西湊的猜個大概。楊本容的長女還在

Facebook 上貼文說明當時的狀況。

「我爸收到了一封來自北國（註：日本）的信！好幾天前就放在他桌上，一打開來裡頭有兩張大大的照片影本，還有看不懂的日文信！昨天去看阿公（註：楊漢宗）時告訴他這件事，他大吃一驚，說要找朋友翻譯這封信。待續！」

貼文一發出，立刻有人回應。

「簡直就是《海角七號》啊！」

「期待後續！」

《海角七號》是一部台灣電影，二〇〇九年也在日本上映過。電影講的是二次大戰結束後，一名日本教師寫了信給他愛上的台灣女學生，信卻沒寄出去，後來現代的台灣郵差憑藉著「海角七號」這個日治時代的地址，總算把信送到的故事。這部電影在台灣創下極高的票房。

高木女士信上的地址也是過去的舊址，差點就遭到退回，最後也是靠著一群郵差不辭勞苦才順利送達。加上信中寫的全是日文，一開始收信人都看不懂，這些地方都跟電影情節相同。台灣人的情緒逐漸激動了起來。

## 在台灣媒體引發討論

信件拆封過了幾天後，楊家人總算透過翻譯知道了高木女士捎來的信件內容。楊本容的長女在Facebook上記下當時全家人的激動心情。

「看完這封信之後，覺得好感慨，這封信真是得來不易。接下來應該由我們尋找其他學生，向高木老師報告。」

那個信封中除了信件還有當年的團體照及畢業名冊，楊家人明確感受到高木女士的想法，從Facebook的貼文也看得出他們希望能盡快向她回報。

貼文一發出，又收到很多驚訝及讚賞的回應。

「感覺好像回到過去的時光旅行哦！」

「要不要聯絡歷史學會？光是這封信就很有歷史價值耶！」

「真的好棒！令人感動！」

郵局的陳惠澤也為這封信的內容大受感動。他覺得這件事非同小可，立刻聯絡當地媒體。於是，這封信一下子受到台灣的報紙、電視、網路新聞大幅報導，一傳十，十傳百，引發大眾討論。

「海角七號真實版！日籍老師寄信找台灣學生」

「一〇六歲日師越洋信　尋得八十九歲學生」

媒體上陸續看到這些標題，內容都是在一群郵差的奮鬥下順利送達信件的過程（八十九歲應該為虛歲）。

三月下旬，連日本媒體也有反應，這件事情上了新聞。一開始是九州當地的地方報紙《西日本新聞》刊載了這篇報導（三月二十五日）。

「一名現居熊本縣玉名市的女性，戰前曾在台灣擔任小學教師，日前寄送了一封信給當年的學生。收信地址寫的是過去日治時代的舊址，目前已不存在。原本應該會退還給寄件人，卻因為台灣郵差想盡辦法找出當年的學生，才讓高齡一〇六歲的恩師所寫的這封信能順利寄達。」

事實上，信封上的地址並不是日治時期的，而是直到二、三十年前仍使用的舊地址。或許是受到電影《海角七號》的影響，台灣媒體大多數報導都稱是「日治時期的舊地址」。話說回來，的確也是目前已經不存在的地址。

不久之後，高木家陸續接到台北駐福岡經濟文化辦事處（相當於台灣政府的領事館）以及台中市政府的電話及信件問候，和行政機關的接觸也變得頻繁。高木女士的女兒納悶，不過只是寄封信，怎麼弄得這麼一副大陣仗？她透過先前到家中採訪的《朝日新聞》記者想了解台灣的狀況。結果對方告訴她，「聽說老師以前的學生聚集起來，要一起回信給老師。」

## 高木老師，您好

四月上旬的某一天，高木家收到一個來自台灣，厚厚的橘色信封。一打開信封，裡頭有五名學生的回信，附了七名學生的近照。還有學生們聚集在烏日小學（過去的烏日公學校），圍在學校創設以來做為象徵的大榕樹下拍攝的照片。因為這封信，他們還辦了一場迷你同學會。

其中一張照片讓高木女士直盯著不放。年邁的楊漢宗躺在醫院的病床上，攤開高木女士的那封信讀著。看起來他的身體狀況並不好，但此人的確就是高木女士寄信的對象，也就是她過去的學生，楊漢宗。

他的兒子楊本容以中文寫了回信。內容大致如下。

「高木老師，您好：

我是楊漢宗的長男，楊本容。非常高興收到您的來信，謝謝您在懷念過去之際從遠方寄來的信。這封信經過幾番波折總算順利送達。舍下的地址改過三次，原本信件會因為查無此人而被退回日本，多虧了幾位郵差努力不懈的尋訪，花費將近半個月，總算送到我的手上。

家父收到高齡一〇六歲的恩師來信，真是又驚又喜，同時也深深感謝老師的恩情。謝謝您至今仍關心家父及家父的同學。只可惜家父大約半年前住進了醫院的養護中心，目前常是睡睡醒醒的狀態。然而，我帶著高木老

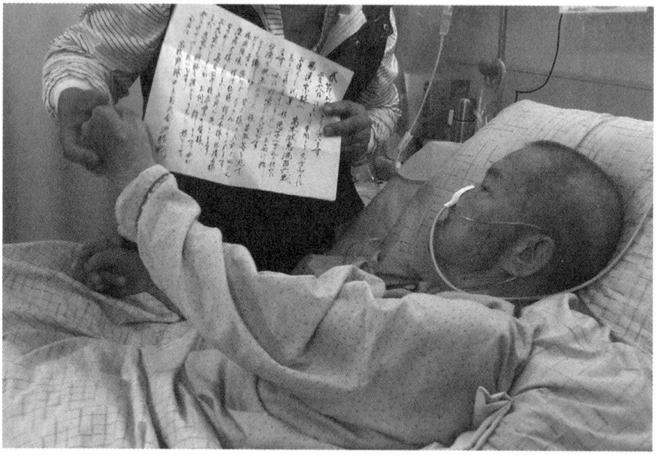

在病床上讀著高木女士來信的楊漢宗。

師的信到病床前的那天，家父特別清醒，直盯著老師的來信。他還握著我的手，口裡喃喃說要回家再讀一次。父親充分感受到老師的心意，我也代替家父再次向您至上最高的謝意。

收到來信之後，由於不諳日文，託了朋友翻譯，知道您還掛念著當年在台灣的學生。我立刻著手尋找家父的同學及學長姊，目前已聯絡上了十九屆、二十屆，以及二十一屆的畢業生，一共二十多人。老師的心意感動了台灣媒體，在電視及新聞報導後，有更多人主動跟我聯絡。您的學生都很感謝老師的心意，也很想念您。大家知道老師長壽又健康，都非常高興。因此，我決定更加把勁尋找您的學生，將您的心意讓更多人知道。希望之後能透過視訊電話讓您和多位學生重逢。隨信附上我結婚時家父與一家人的全家福合照，以及其他幾位學生的照片。往後也請保持聯絡。

祝您身體健康，長命百歲。

楊漢宗之子楊本容代筆」

代替臥病的父親肩負起尋找同學任務的，是楊漢宗的兒子楊本容。

他靠著畢業名冊找出父親的同學，將高木女士的來信一一讓眾人看過。每找到一個人，就把名冊給他看，請他提供其他人的消息，然後楊本容再開著自家車前往拜訪。

每個學生都又驚又喜，回想著留在童年印象中的日語，然後努力用日文寫給高木老師的回信。

## 「是台灣的孩子唷」

收到這群學生的來信後，高木女士由女兒惠子記錄她口述的內容，一一寫下回信。

寫給楊本容的回信雖以日文書寫，但楊本容似乎能從漢字了解大致的意思。

「很想念烏日鄉。烏日有很多的回憶。漢宗好像病了。希望他能康復。祝他健康平安。」

「有勞你東奔西走找尋當年的學生，還請各位寫了回信捎來。這段日子的辛勞一定超乎我的想像。這麼多的信件、照片，真是太珍貴了，這是我的寶貝，給了我活下去的力量。非常感謝！」

「因為你的奔走，讓我們了解目前台灣烏日的狀況，得知家母的故事在電視、新聞裡報導，也感到非常驚訝。家母只是個普通的老人家，卻得到各位誠心相待，在此謹致上我最深的謝意。從寄來的信件及照片，也讓家母知悉諸位學生的近況。

每到夏天就是迎接甲子園大賽的高中棒球季，家母常動不動提到嘉義農林的選手吳明捷、吳波征。家母從三十七歲回國之後，就常說給兒時的我聽，所以我對這些名字也很熟悉。」

「家母說『祝各位平安健康！』，又說『這些是我在台灣的孩子唷』。

仔細想想，家母因為思念那段台灣的過往，而寄給楊漢宗先生那封『查無此人』的信，之後蒙你耗費許多時間，讓我們很過意不去。但各位昔日的學生成了家母今後『活下去的力量』、『希望的星星』，在此我代替家母致上深深的感謝。」

信中有些地方只使用漢字書寫，為的是讓不懂得日文的楊本容也能盡量了解其中的內容，就像這樣。

「嗚呼　漢宗！！！！病院入院寫真拜見　長時間　見母　震手　落淚又淚　淚　次次落淚　撫寫真　抱寫真　無言也　神佛祈姿　必回復　一日又一日　頑張　努力　願醒」

讀完雙方一來一往的信件後，我對於高木女士和楊漢宗這對師生跨越八十年的深厚情誼感到驚訝。

更令人意外的是，這封信是經由高木女士的女兒、郭陳兩位郵差，以及楊漢宗的兒子楊本容，也就是原本不了解日治時代的這幾個人的努力，才得以跨越離別後的八十多年歲月。

## 「袂使破病！」

收到這群學生的回音，最高興的自然就是高齡一〇六歲的高木女士本人。

我到她位於熊本的家中拜訪時，她把小心翼翼收在檔案夾裡的學生回信拿給我看，「在好多人的幫助下，終於重新取得聯繫。太令人高興了。」那疊信件來自超過三十人，至今還陸續增加中。有許多信件都是以日文書寫，也讓人驚訝。

「看到來信由衷感謝。恭喜您。」

「感謝老天爺的眷顧。實在太好了！！（省略）對於以前在學校裡最漂

瞇著眼睛端詳學生近照的高木女士。

亮的高木老師印象深刻，到現在都忘不了。」

「想到過去高木恩師對我關懷備至，指派我擔任副班長、當我臉部罹患皮膚病時給我藥膏、被體型高大的同學欺侮、課後另外教我算數、因為我家貧而致贈衣衫……這些往事宛如電影一幕幕浮上心頭，至今仍感謝恩師。」

信中以日文寫滿了遙想當年的情思，以及至今仍仰慕恩師的言詞。

在我拜訪時，高木女士也讀著信件，拿著這些學生現在的照片比對，陷入沉思。高木女士凝視了好一會兒，一臉慈祥的輕輕對著照片用台語說：

「……袂使破病……（保重身體，別生病了。）」

高木女士自從戰後回到日本這七十年來，每天早晚都不忘在佛壇前祝禱，祈求學生們身體健康。

我很想了解高木女士祈祝平安的這些學生們，在畢業之後走上什麼樣的人生路，於是前往台灣。

第2章

# 台灣學生的這八十年

## 台灣歷史

寄了回信給高木女士的這些學生，現在的狀況如何呢？

在這之前，需要先了解一下台灣，以及高木女士的學生們所經歷的一段歷史。

在一八九四年甲午戰爭中獲勝的日本，把清朝割讓的台灣納入了日本的領土。大日本帝國政府將日本本土稱為「內地」，把台灣及後來合併的朝鮮等新領土叫做「外地」，進行統治。

這樣的統治政策見仁見智，但日本確實推動了各項現代化工程，包括防治傳染病、建立教育及法規制度、著手大型基礎建設等，讓台灣社會得以迅速發展，這一點毋庸置疑。一九四四年，台灣兒童的就學率是七一％，在當時是已開發國家的水準。

然而，一九四五年日本在第二次世界大戰中戰敗，依據《波茨坦宣言》放棄台灣的所有權，台灣便歸還給清朝滅亡後統治中國大陸的中華民國。

當時在中國大陸，蔣介石率領的中華民國（中國國民黨）正和毛澤東領軍的中國共產黨進行激烈的內戰。

兩黨自成立以來始終呈現緊張的敵對關係，只在二次大戰期間為了對抗日本而短暫的團結過（國共合作）。然而隨著日本戰敗，國共合作也告破裂，立刻陷入內戰。

長達四年的國共內戰，最後共產黨於一九四九年獲勝，毛澤東在北京天安門廣場宣布成立中華人民共和國，直到現在。

另一方面，在內戰中落敗的國民黨敗退到台灣，立台北為「臨時首都」。之後雖然鬥爭已經結束，但至今仍未締結任何停戰協定或和平條約。

由於兩者彼此都不承認對方是「國家」，對中華人民共和國（＝中國大陸）來說，台灣是「本國的一部分」；而從中華民國（＝台灣）的角度來看，中國大陸也是「中華民國的一部分」（說「一部分」，就面積而言相差太大，但檯面上的確這樣認為）。最好的證明就是在台灣購買「中華民國全圖」的地圖時，首都標明在南京，仍將整個中國大陸標記為「中華民國領土」。

二〇一五年十一月，中國國家主席習近平與台灣總統馬英九，在新加坡進行兩岸史上首次會談，但當時兩人不稱對方的頭銜，而以「先生」稱呼彼此，這也是因為檯面上雙方不承認對方是國家所致。

台灣這個國家的狀況已是如此複雜，而台灣人的身分更是難以釐清與定義。

台灣人，最初指的是明清時期從中國大陸福建省一帶跨海來到台灣定居的漢人，以及本來就在台灣的原住民。

台灣人在與中國大陸保持一定距離之下，又經過半世紀的日本統治，最後建立起有別於中國人與日本人，而是「台灣人」的獨特民族性。

然而，二次大戰後台灣歸還給中華民國，大量的中國人從中國大陸來到台灣，由於這些人當時的價值觀與生活水準和台灣人差異極大，使得台灣人將戰後從大陸遷徙來的中國人稱為「外省人」，而戰前早已定居台灣、土生土長的台灣人則是「本省人」，明確的區別兩者。

話雖如此，當外省人也在台灣生下第二代、第三代、子子孫孫，自己也在台灣長久生活後，就逐漸拉近了與本省人的距離。至於現在的年輕族群，對於自己究竟是本省人還是外省人的後代，其實沒什麼特別明顯的意識。

本省人與外省人的界線變得模糊之後，現在大眾終於逐漸把「台灣人」單純的定義為「居住在台灣的人」。

高木女士離開台灣後的八十年裡，她的學生經歷過這段動盪的歷史。

我走訪烏日郵局想探聽他們的地址，郵局人員直接把楊漢宗的兒子楊本容找來。他穿著寬鬆的 POLO 衫搭配休閒褲，微凸的小腹看來像個大人物。

我問了楊本容信件的事。

「大家都嚇了一大跳，又很高興。沒想到一〇六歲還這麼健康，真是太棒了。」

他露出笑容說道。

「我爸爸楊漢宗，現在因為帕金森氏症臥病在床，但我拿了信給他看，他好像一直點頭。我覺得他懂得意思。」

我跟楊本容商量，希望能跟當年的學生見個面，聊一聊，他說願意幫我。於是，我對照著他們寫給高木女士的信，一一拜訪，聽聽他們的心聲。

## 「恩師的來信！」（楊塗生）

「拜復　恩師高木波惠先生　鈞鑒

學生自烏日公學校第十九居畢業後，期逾七十餘年，未再見先生，念念不忘。數日前先生突然在日本寄信給榮泉里學生楊漢宗（編按：p58照片可見原信誤植為「楊憲宗」），由長子楊本容君再將信影印乙份給我看，歡喜萬分如見先生親影。函中說明先生今年紀一〇六滿，且身體健康，學生非常歡喜。就是先生平時修身養性，起居飲食真注重，才有今日的高壽，恭喜，先生真幸福。」（編按：此段為p58楊塗生回信的第一行到第八行

內容，作者譯為日文）

隔天，楊本容開車載著我前往楊塗生（八十八歲）的家。楊塗生在戰後於公家機關服務了很多年，現在則是一座廟的管理員。這座廟在戰後經過多次改建，受到當地居民虔誠崇拜，奉為守護神。

我們到了跟廟連在一起的住家時，一頭白髮身穿純白襯衫的楊塗生走出來迎接。他給我的第一印象就是平日生活規律又安穩。「您好！」我打了招呼後，他簡單回應後第一句話就是：「恩師的來信讓我看了好高興！高興得不得了！」

他的聲音洪亮有力。

「一看到照片，就好想念老師。老師把我們這些學生都當成自己的孩子。」

楊塗生現在不太會用日文書寫了，猶豫著該不該回信。但楊本容鼓勵他，「用中文也沒關係，還是寫封回信吧。老師看了一定會很高興。」

前面介紹的就是他用中文寫的回信，隨信也附上夫妻倆的合照，信件最後還寫了一些附註。

「有幾點向老師報告：

1烏日地區現在交通很發達，還有高鐵站。

2我在日治時代當了海軍志願兵，在高雄的海軍兵團受訓三次。後來受命派駐淡水一帶，曾經攻擊過特攻艦、敵軍戰艦，後來很幸運能平安回鄉。」

楊塗生從學校畢業之後進入日本海軍，在特攻艦的訓練中迎接戰爭結束。當年身為軍國少年的情緒絲毫未滅，在寫給高木女士的信中還很得意的報告自己曾痛擊敵軍。

然而，如果當年他若真的加入特攻，恐怕就沒有今日的楊塗生。身為日本軍人，很可能最後就在戰火中灰飛煙滅。命運交錯之下，他活到現在。

楊塗生的回信。

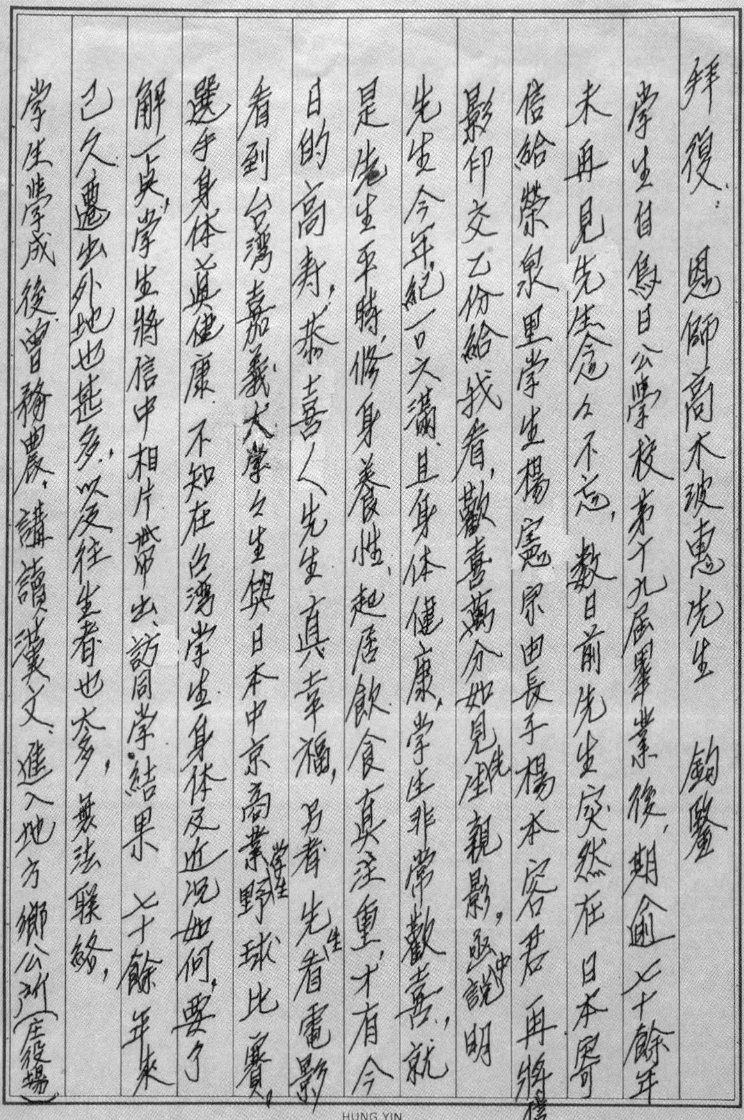
拜復：恩師高木玻惠先生 鈞鑒

學生自昌日公學校第十九屆畢業後，期逾七十餘年未再見先生念念不忘，數日前先生突然在日本寄信給縈泉里學生楊寬家由長子楊本容君再將信影印交乙份給我看，歡喜萬分如見先生親影，函中說明先生今年紀一百歲滿、且身体健康，學生非常歡喜，就是先生平時，修身養性，起居飲食真注重，才有今日的高壽，恭喜人先生真幸福，另者先生看電影看到台灣嘉義大學々生與日本中京商業學生野球比賽，選手身体真健康，不知在台灣學生身体及近況如何，要了解一点學生將信中相片帶出、訪問學結果 七十餘年來已久遷出外地也甚多，以及往生者也太多，無法聯絡，學生畢學成後，曾務農，講讀漢文、進入地方鄉公所（庄役場）

HUNG YIN

楊塗生現在在幫傭照料生活起居下，跟妻子平靜度過餘生。在這般安穩的生活中，高鐵開通算是一大新聞吧。附註裡的「高鐵」與「特攻艦」，讓人感受到楊塗生人生的現在與過去，距離遙遠。

## 哼唱〈軍艦進行曲〉

信寄出去之後的幾星期後，楊塗生收到高木女士的回信。看來即使用中文，靠漢字也多少能猜出意思。

「兩位的照片拍得真好。右邊是你的夫人吧？我看了真是喜極而泣。過了七十幾年你還記得日文，而且還在百忙之中回信給我，讓我一想到就淚流不止。還有你的字寫得真好！」

楊塗生說，「我還記得日文歌！」因此我請他唱一段。他用帶點沙啞的嗓音唱了一句「攻守兼備的黑鐵——」，這是〈軍艦進行曲〉的一開頭。楊塗生自烏日公學校畢業後，日本是處在戰況逐漸走下坡，軍國主義色彩愈來愈濃厚的狀況。聽著從台灣老爺爺口中唱出日本軍歌，我內心有些五味雜陳，但楊塗生似乎對日治時代有許多美好回憶。

「日治時代小偷和賭徒都比較少，外出根本不需要鎖門。治安好得不得了，沒什麼惱人的事。我們從來沒被日本人欺負過。」

楊塗生的父母與當地員警有私交，不時會有日本警察到他家玩，一起吃午飯，據說還會讓那名警察在他家裡睡午覺呢。

我故意問他，這不就等於賄賂嗎？

「這才不是賄賂呢！只是很單純的對待朋友。日本警察處事公正，沒做壞事根本不用怕。」

他還告訴我，日本人與台灣人之間建立了良好的關係。

他說當年烏日公學校的畢業證書應該收在家中的抽屜裡，還找出來給我看。我請他把證書舉到胸前，不過他的姿勢看起來有些彆扭，這似乎也是

**楊塗生小心翼翼珍藏的烏日公學校畢業證書。**

那個年代的人常見的風格。不只是楊塗生，我在台灣遇到的許多老人家，每個人在拍照時都有點緊張，會抬頭挺胸，刻意看著鏡頭擺出姿勢。

## 「秉持『日本精神』」（楊海桐）

「看到來信由衷感謝。恭喜您。時光飛逝如流水。與高木老師分別已經七十多年。高木老師年滿一〇六歲，海桐恭喜您，祝福您。」

接著來到目前在烏日區開餐館的楊海桐（九十歲）家中。楊海桐戰後曾擔任當地的村長。他用流利的日語，驕傲的說：「我對任何事情都盡力而為。到現在我還秉持著這股『日本精神』。」

台灣人所謂的「日本精神」，指的是勿忘日本人清廉與公正的特色。對這個懷念日治時期的世代來說，可說是一句口號。台灣企業家蔡焜燦的著作《台灣人與日本精神》之中，對於「日本精神」一詞有下列說明。

「在過去半世紀以來和日本擁有同一段歷史的台灣，至今講到『日本精神』這個詞，指的是勤奮、正直，以及遵守約定等，許多代表良善的特質。

這就是日本的前人絞盡腦汁促進原本尚未開化的台灣邁向現代化，用愛來教育民眾的結果。」

這聽起來或許有些誇張，但的確很多台灣人到了戰後仍不失日本精神，始終很珍惜的維持下去。

楊海桐便是其中一人。他對日本的愛慕已非一般程度，講起日治時代他甚至說：「日本人從不說謊，因此過去的日本時代非常好。要是現在日本繼續統治台灣就好了。」可見他對日本至今仍有十分堅定的信任感。

雖然他已經高齡九十幾，還是在家裡開的餐館幫忙，端麵給客人，洗碗盤，工作起來仍手腳俐落。當我採訪結束打算告辭時，他說要請我吃麵：

「吃碗麵吧！」。

沒想到還讓他請客，所以吃完後我向他道謝，想順便把碗拿到水槽，他擋下我一邊說：「不用啦，別那麼客氣。」曾經當到村長的他，個性平易近人。

餐館附近就是高鐵台中站，據說大約十年前興建時，有日本建築師常會到這裡來吃午飯，他就用日文跟建築師打招呼、閒聊。

楊海桐自公學校畢業後曾短暫在老家幫忙務農，二十歲加入野戰槍後隊，成為日本帝國陸軍士兵，但半年之後戰爭就結束了。

「日本軍隊很認真，態度也很好。所有人都對我很親切，不太會動怒或毆打我。在軍隊裡都把我當成同袍一起受訓。」

他說，軍隊不會因為他是台灣人而輕視他。似乎因為他對戰前的日本抱持極好的印象，才沒什麼負面的觀感。

## 「想見老師」這四個字

從楊本容那裡看到高木老師的來信後，楊海桐立刻寫了回信。現在幾乎沒機會使用日文了吧，楊海桐把沉睡在記憶中的日文抽屜撬開，把所有想要向老師表達的心意，一個字一個字刻畫在信紙上。信中幾個平假名寫得歪七扭八，有些地方夾雜著中文詞彙。仔細想想，當初我在中國需要講英文時，腦袋就一片混亂，想必楊海桐也是在腦中不斷翻找著適合的詞彙吧。

那封信接下來寫著。

「過完年我就九十一歲了，每天早上主要的工作就是下田還有運動，身體很健康。有空的話，非常想見老師。」

「想見老師」這四個字寫得特別凌亂，如果沒有前後文對照甚至看不太

楊海桐的回信。

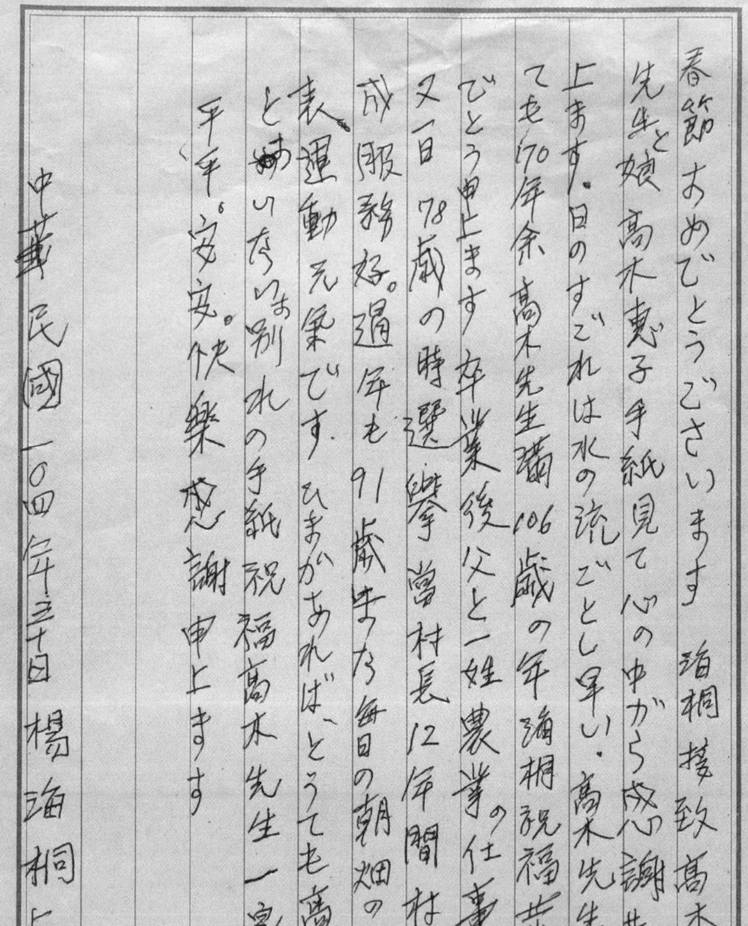
春節おめでとうございます 海桐拝致 高木玻惠
先生と娘高木恵子手紙見て心の中から感謝恭喜申
上ます。日のすごれは水の流ごとし早い。高木先生と別れ
ても70年余高木先生満106歳の年海桐祝福恭喜おめ
でとう申上ます 卒業後父と一姓農業の仕事過日
又一日78歳の時選挙當村長12年間村内一切完
成服務好。過年も91歳です毎日の朝畑の仕事代
表運動元氣です。ひまがあれば、とうても高木先生
とあいたいお別れの手紙祝福高木先生一家大小
平平。安安。快樂感謝申上ます
中華民國一〇四年三十日 楊海桐上

出來。不過，這反而讓人感受到他強烈的情緒。

之後，高木女士也捎來回信。

「我看到你寄來的照片了，跟楊本容的合照拍得真好。看到你們倆英姿煥發，為師很欣慰也很懷念。回想過去在烏日公學校的時代，你就是開朗、誠實、熱心的好孩子。

恭喜母校烏日小學在今年迎接一百週年。校運昌隆。真高興聽到這個消息。

看到你寫『從七十八歲開始擔任了十二年的村長』，真高興你有這麼出色的表現，這也表示大家對你的信任。現在你致力於農事，這最能磨練意志力了。植物很誠實，反映出耕作者的心，收穫就直接反映出植物與耕作者同甘共苦的結果。除草也是項勞力活，很辛苦，務必每天一步一步視自己的身體狀況而動。植物很誠實，有許多值得我們學習的地方。

未來請繼續為烏日付出。

衷心祝福你的家人、親友，多子多孫，身體健康。」

看完信之後，楊海桐小心翼翼把信折好，收進信封裡。

## 「我被選為副班長」（楊爾宗）

「敬啟　謹向恩師的長壽與健康表達由衷的祝福。託恩師之福，學生我一切安好，過著平凡的生活。」

楊爾宗（八十八歲）寫信用的是連當今日本人似乎都很少用的古典優雅日文。

信上繼續寫著。

「前些日子作夢也沒想到還能聽到恩師的消息，剎那間大吃一驚，欣喜

楊海桐拿高木女士的回信給我看。

難耐。從學校畢業已經八十年，想到過去高木恩師對我關懷備至，指派我擔任副班長、當我臉部罹患皮膚病時給我藥膏、被體型高大的同學欺侮、課後另外教我算數、因為我家貧而致贈衣衫……這些往事宛如電影一幕幕浮上心頭，至今仍感謝恩師。

我今年也已八十八，因雙足有疾，走起路來很辛苦，頭腦也不甚靈光，故而一封信箋塗塗改改，寫得有些沒信心。只祈求恩師長命百歲，身體健康。學生敬筆。」

我驚訝於他到現在還記得八十多年前老師幫他在臉上塗藥膏的往事，而第一項列出來的回憶是獲選為副班長，也讓人會心一笑。

我照著楊爾宗信上寫的地址來到台中市郊，卻找不到。打了電話請教他的家人該怎麼走，對方還專程開車來接我。

車子來到一處小工廠兼住家，約三間教室大小的工廠，不斷傳來老舊的機械聲，輸送帶和齒輪不停運轉。

開車來接我的是楊爾宗的女兒，她說楊爾宗外出散步，要到傍晚五點多才回家。還有大概一小時，她說：「你先在這裡坐一下休息。」我便接受她的好意。

工廠角落放了一台映像管式的舊電視，有個老婆婆坐在藤椅上盯著電視。這位好像是楊爾宗的太太，聽說她會講一點日語。

「妳好。」

我上前打招呼。

「你好。」

既然她回答了，我便簡單自我介紹。

「謝謝你。」

她只回了幾個日文單字，聊不下去。

然而，老奶奶卻慢慢從自己坐的大藤椅上站起來，要把椅子讓給我坐。

我實在太過意不去，趕緊說：「不用不用，我不要緊。」一邊在她旁邊的圓椅子坐下。

楊爾宗的回信。

拝啓謹しんで恩師の御長寿と御健康でいらっしゃる
事お祝い申し上げます お陰様で生徒の私も相い
変らず平凡で暮しています
さて前日は思いもよらず刹那に先生の消息を得
てびっくりして喜びに耐へません 学校卒業して既に
80年になり過去受け持ちの高木先生は慈愛に満
ちた優しい偉大な先生は私を副級長に選んでくれた
事顔にヒフ病の折メンソリタームを頂いた事 体格の大
きい同級生にいじめられた事 受学課外に算術を
教へてもらった事まで 貧しい家庭に生れた私に着物も
頂いた事は麗影の如く頭上に浮んで今でも先生に感
謝しています
私も88才になり足の病で徒歩に不便になり頭もホケて

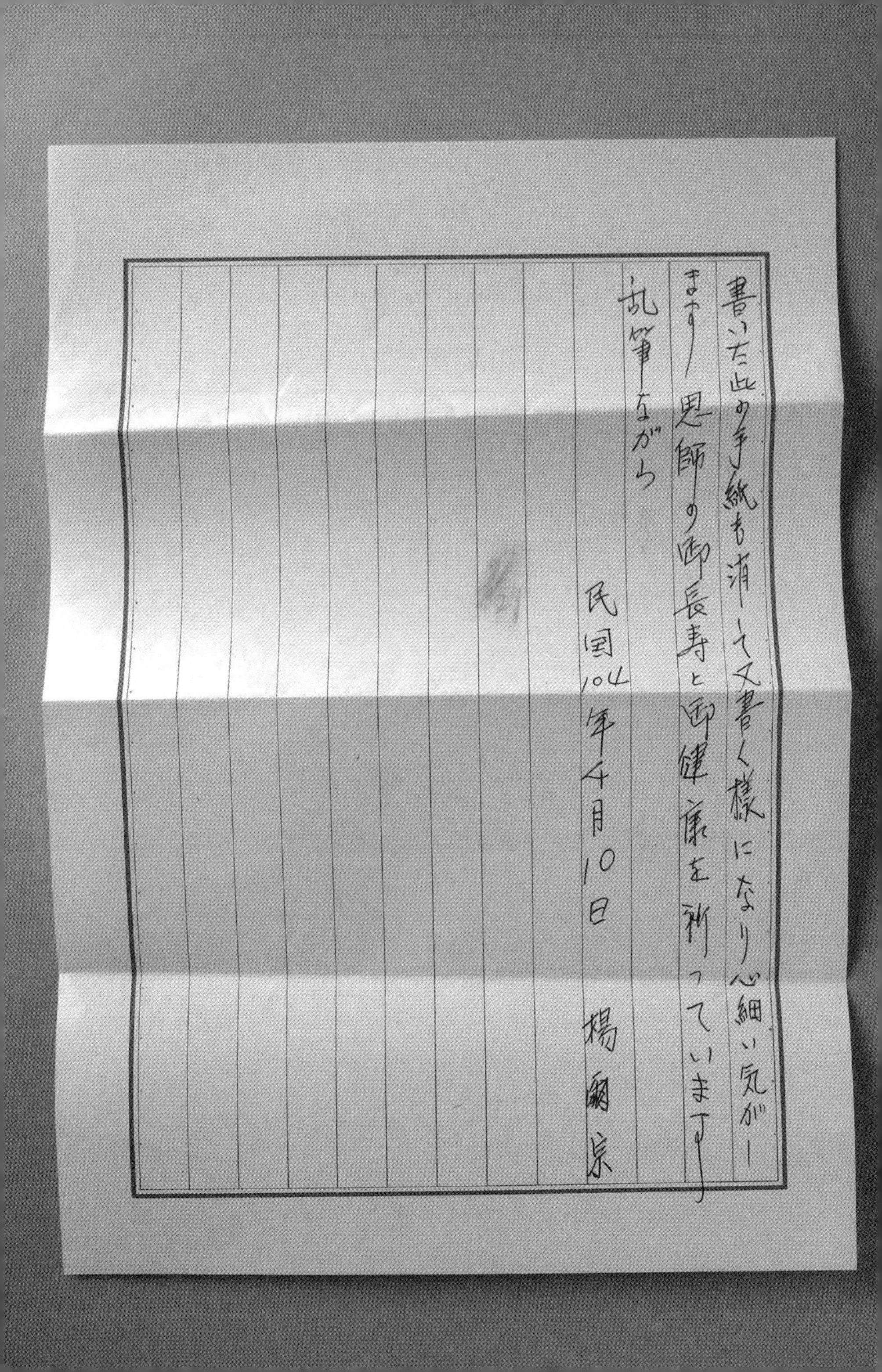

書いた此の手紙も消して又書く様になり心細い気がします
恩師の御長寿と御健康を祈っています
乱筆ながら

民国104年4月10日　楊爾宗

工廠生產的是塑膠製品，主力產品是用來裝醬汁的瓶子。事業在楊爾宗這一代擴大到現今這個規模，目前由他的孩子接班，依舊維持家族經營。我想當然爾的以為他已經退休了，但聽說他還是會親自到工廠來監督。

太陽就要下山時，有個老年人騎著機車來到工廠門口。是楊爾宗回來了吧。我趕緊起身去跟他打招呼，他女兒用台語幫我介紹。楊爾宗聽完以流利的日語跟我說：「哎呀，讓你久等了。請跟我這邊走。」他露出和善的笑容，領著我到裡頭坐下。

## 「像母親一樣親近」

楊爾宗的步伐尚稱穩健，聲音洪亮，實在不像八十八歲的高齡。我們在工廠裡電視機前的椅子上坐下，就在機械低沉的馬達聲中聽他娓娓道來。

「當時有句話，說『距離三尺，師影不可蹈』，意思是因為敬畏老師，跟在後面要保持三尺的距離。但（高木）波惠老師不是這種人。她很努力讓學生親近她，會買衣服給像我這種家裡沒錢的孩子，我臉上得皮膚病的時候，老師還買藥膏給我。我很喜歡老師，進而喜歡念書。」

不只楊爾宗，許多老人家說的日語都帶有一股古典美，語尾清晰分明，聽起來很舒服。我不禁感佩，原來過去日本人說起話來這麼優雅呢。

高木老師是楊爾宗在公學校二年級的導師，當時年幼的楊爾宗，卻有忘不了的回憶。

就在氣溫驟降的十月，有一天高木老師突然叫住楊爾宗。

「楊同學，這個給你。」

老師遞給他的是一件學生服。

當時台灣入秋後的氣溫比現在低，聽說會冷到讓人發抖。

「我忘了是在教室裡還是走廊上，總之老師送了衣服給我。這一點我記得很清楚。」

那是當時大家說「國防色」的卡其色制服，前面還有金屬釦。

「直到四年級為止，我幾乎天天穿，升上五年級時實在穿不下，但我捨不得丟掉，因為這是老師送我的，我要好好珍惜。只是搬過幾次家之後，不知道收到哪兒去了……」

褲子則是母親親手縫製的。高木老師送他的上衣，和母親縫製的長褲，兩件衣服楊爾宗穿到破舊。

楊爾宗的父親在他公學校畢業時過世，母親每天挑著鋤頭到地主的田裡耕作，養活楊爾宗在內的六名子女，生活清苦。他總想著有一天要讓媽媽過好日子。

## 從大陸來的中國軍人

楊爾宗與高木老師分別後，也從公學校畢業了，然後進入台中市公所的員工餐廳工作，同時在中學的夜間班繼續升學。

然而念到中學二年級時，日美兩國開戰，晚上實施宵禁，書也沒得念了。

中學畢業後，他進入海軍燃料廠的培訓所工作，這時戰況已經白熱化。原本培訓所安排他們先往日本三重縣四日市市進修，再到大阪帝國大學學習專業知識，沒想到臨行前要開往三重縣的船隻遭到魚雷擊沉。日本行被迫取消，人員就留在台灣繼續受訓。

即使狀況百出，楊爾宗對於在培訓所的日本教官及同事仍留下很好的印象。

「我那時候得了瘧疾，病得全身無力，教劍道的教官特地殺了一隻雞熬雞湯給我喝。那時候日本人沒有吃雞肉的習慣，養雞是為了每天有雞蛋吃。沒想到教官殺了那隻雞給我補身體，他是我的大恩人。」

不過，進入培訓所一年左右日本就戰敗，大日本帝國海軍也從此解散。

戰爭結束之後的日子仍然很辛苦。靠著在海軍學到的化學知識，他先找了一份電化工廠的工作，但因為吸入作業時產生的大量氯氣搞壞了身體，不得不辭掉工作。之後換到玻璃工廠，又受到高熱灼傷，身體還是受不了。

此外，從中國大陸來的國民黨軍人，也讓生活過得不安穩。

「整支軍隊到村子裡幹盡壞事。最令人頭痛的就是會強迫女人。闖進村子裡看到有女人就強行拉走，以為只要付錢就沒事，到了鄉下給這些女孩子一人十塊、二十塊錢，跟買春沒兩樣。當時連吃的都沒有，這些女孩子也很無奈……」

據說不少台灣女性被迫跟中國軍人有了肉體關係，懷孕之後生下孩子，就這樣成了對方的妻子。

「年輕女孩子就這樣一個個被迫成了軍人的太太。」

楊爾宗似乎慢慢回想起過去，稍微停頓了一下，露出有些難過的表情才又繼續說。

「其實，我的妹妹也嫁給軍人。所以我跟我妹夫的關係一直不好。日本人當初來台灣時很親切，看到買不起東西的人也會伸出援手。日本輸了戰爭，時代也變了，真受不了。」

他說到「真受不了」時加重了語氣。我不了解他跟他妹夫的關係，無從置喙，或許他們各有苦衷。不過，的確感受得到在楊爾宗的內心仍認為寶貝妹妹被國民黨的軍人搶走。

前面也說明過，這段時期從中國大陸到台灣的中國人稱為「外省人」，從戰前便一直住在台灣的台灣人則稱「本省人」，以此區別。追溯兩者的歷史，則是從大陸來的中國人（外省人）握有權力，但原本就在這塊土地上生活的台灣人（本省人）卻還在貧困中掙扎。

## 用日文寫日記

這段混亂的時期在戰後大約十年，也就是楊爾宗三十歲時稍微平靜下來。

日治時代在海軍燃料廠認識的台灣友人經營了一間塑膠工廠，傳授了楊爾宗很多經營知識。

「光領月薪怎麼都吃不飽，我想了想，既然這樣不如自己創業吧。」

但他完全沒有經營工廠的經驗，很猶豫是不是該走上這條路。

楊爾宗左思右想，後來乾脆到附近的寺廟抽了支籤，請住持為他解釋籤文。

「你的名字裡帶有『火』的意思，塑膠加工必須用到熱，一定不會差的。」

就這樣，他被推了一把。

另外，他還請住持幫工廠取了名字，叫做「志光」。意思是，只要有志氣，總有一天會展現榮耀的光芒。

「人真的很奇妙，在苦惱著該往東還是往西走的時候，就會去求神拜佛，找到前進的方向。」

接下來，他像是著了魔，沒日沒夜的工作。工廠從沒停下來過，所有機器從早到晚不斷運轉。在不斷改良加工方法以及投資新設備之餘，工廠規模也逐漸擴大。

工廠開始上軌道後，他接到附近醫院訂購藥瓶的訂單，後來還跟擔任聯絡窗口的護士結婚。兩人生下一男三女，生意也愈做愈大，就在「榮耀的光芒」逐漸綻放時，母親在他四十幾歲時過世了。

現在工廠的業務多半交給子女處理。但每天晚上家人各自回家之後，楊爾宗仍一個人留在工廠，坐在藤椅上守著運轉中的機器。他會把完成的產品裝進大袋子，或檢查機器是不是該上油了，仔細監督以防有狀況。

「所謂的經營，就是努力工作、生產，賺取利潤。傍晚五點鐘，一起工作的家人下班回家，晚上就是我守夜。」

深夜裡想睡的話，就躺在海灘椅上小睡一下，但一到機械設備需要維護時又會自動醒來。多年來的習慣已經成了自然。空閒時他還會寫日記，而且至今仍全部用日文書寫。

「戰後整個社會都大力推行北京話（編按：即「國語」），我也去上了課。結果三個老師的發音都不一樣，根本學不會。真覺得莫名其妙！小時候在家裡媽媽教我們講日文，五十音就跟後來上公學校時學的一模一樣。」

現在中文也有所謂的「普通話」，但那個時代大陸全境都是各地方言，

楊爾宗至今仍用日文寫日記。

就連國語老師教起來也因人而異。因為這樣，楊爾宗似乎認為用從小習慣的日文來寫文章還容易一些。

另一方面，「台灣話」、「台語」指的是在台灣使用已久的閩南語，源自福建省南部。一般來說，幾個台灣人對話時多半使用台語，但在公共場合則會講「國語」（中文）。

在這樣複雜的背景下，也有像楊爾宗這種至今仍珍惜日文的人。

## 「比對母親還感謝」

這裡引用楊爾宗以日文寫下的某天日記內容。

「民國一〇四年六月十日　星期三　室內 33.5 度

早上五點散步到員農，六點回家，然後去市場買了三百元的薑。今天也是閒假，就隨意看看電視。中午之前跟太太到宏仁醫院打針，午后兩點左右診療結束。午后三點半又一個人到員農散步，四點二十分回家。」

「民國一〇四年」指的是二〇一五年。以中華民國成立的一九一二年為民國元年，這是台灣使用的年號。接著後面的「星期三」，就是日文裡的「水曜日」。

「員農」就是員林農工，正式全名為「國立員林高級農工職業學校」。楊爾宗每天都會到這所學校，在操場上散步或做些簡單的運動。

像「假（暇）」、「午后（午後）」夾雜著中文的漢字，還有一些以同音字替代的地方，只有台灣這個年代的人才會使用。這本日記或許有語言學上的價值。

楊爾宗現在每天活動身體，同時繼續監督工廠。

「我現在能在社會上立足，都拜高木老師之賜。像我們這種窮人，在餓肚子時有人肯特地賞我一口飯，我會永遠記得這份恩情。在我心裡，高木老師比我的父母還親，我對她甚至比對母親還感謝。」

楊爾宗小心翼翼拿著高木老師請女兒惠子代筆的回信。

「真謝謝你寄來的照片，讓我想起你小時候的模樣，實在令人懷念啊。身材瘦小的你很可愛、很老實，一直很乖，而且非常愛念書，做什麼事都好認真，當副班長也很稱職。這些都像昨天才發生的事，歷歷在目。老師真想緊緊擁抱你。

我不停掉眼淚。這麼多年來，你很努力吧。我一定不會忘記的。我拿了放大鏡仔細看了好幾次，照片裡在你身邊的是你太太吧，看起來真是個好人，跟你很相配。恭喜你找到了善良體貼的對象，請代我問候她。（以下省略）

你信中提到對我的感謝，我讀完也哭了，因為你是這樣善良又有成就的學生啊。其實我只是盡了當老師的本分，謝謝你對我的心意。即使你沒來日本，能和你還有夫人像這樣以信件往返交流，我也很珍惜。比起見面聽你訴說感謝之意，『熱淚同學會』更令我感動落淚。請放心，有生之年我都是你心目中那位『慈祥的老師』。謝謝你。」

高木老師與楊爾宗之間的師生情誼，格外深厚。

## 「即使見不到面也還能寫信」

聽說楊爾宗在戰後曾經走訪熊本，可惜當時不知道高木女士的地址，沒能見到面。雖然見到了住在附近的另一位老師，但沒能與高木女士重逢一直令楊爾宗耿耿於懷。

然而，高木女士在給楊爾宗的信中這麼說：

「爾宗，能夠見面聊聊固然很好，但往來的書信中直接反映出我們的內心，況且話說完就沒了，信件卻會留下來，能夠反覆閱讀，細細品味。」

「要珍惜的是當下、此刻！爾宗，要注意身體健康，尤其保養內臟也很重要。你信上寫到『走起路來很辛苦』，千萬別勉強。就算無法碰面我們也還能通信呀。」

師生兩人，至今仍持續書信往返的「熱淚同學會」。

我跟楊爾宗聊了大概一個半小時。

「我看先到這裡吧，你就跟我兒子他們去吃個飯。」

楊爾宗似乎不太喜歡外食，於是我坐上他兒子的機車，兩人到附近的日本料理店。不一會兒，他兒子的太太也來了，我們三個人一起吃晚餐。

我一開始就打算請客，看了看菜單，最便宜的定食也要台幣六百八十元（約二七二〇日元）。台灣的食物多半便宜又好吃，當地人常去的小吃店很多都能花一百元吃一餐，但來到日本料理店價格就跳了一級。

單點菜色的價格也不便宜，最後我還是點了定食。我告訴他們我要請客，小楊先生卻說：「我爸交代了要請你吃飯，還給了我錢。你不可以出錢哦。」

雖叫定食，內容根本就是豐盛套餐，從生魚片、牛排、天婦羅，一道道豪華的菜色陸續端上桌。但老實說，看起來雖然氣派，整體口味卻不怎麼樣，就價格來說更是不太划算。

話說回來，仍能從餐點中感覺到歷經苦難時代進入和平的今日，想讓年輕顧客吃飽飽的那份心意，無論是冷凍的生魚片，或是麵衣厚實的炸蝦，似乎都令人感到很有價值。

「我們家人常講，阿公（指楊爾宗）真的很有『日本精神』耶。」

楊爾宗的兒子說道。他說，父親是全家人中生活起居最規律，面對工作最苦幹實幹的人了。

在工廠，他使用的所有工具都要歸位，隨時整理得乾乾淨淨，井然有序。如此認真踏實的人生哲學，當今無論在日本或在台灣都很罕見了吧。

採訪結束時，楊爾宗對我說。

「公學校有『修身』這項科目，教我們道德，告訴我們要尊敬父母，信任朋友。現在的學校不教修身，所以學生的品格變差了，自私自利，只顧自己，變得狡猾。」

想想自己，覺得好羞愧。

## 牢記「教育敕語」（陳明炎）

「恭賀高木老師一〇六歲高齡。謝謝老師給台灣學生的來信。託老師的福，大家都過得很好，請您放心。我是陳明炎，爲日校第二十一屆畢業生，二年級在高木老師班上。楊漢宗跟我同年，我們同樣都住在榮泉里，是感情很好的朋友。薛秀鳳是我太太，也是我同一屆的同學。（省略）託老師的福，我今年八十九歲，我太太九十歲，我們都過得很好。」

陳明炎（八十八歲）二年級時曾在高木女士班上，之後跟公學校同學結婚。我到他家拜訪時坐在客廳，他突然從桌子底下拿出一本厚厚的日文舊書刊。

「讀了這個就會有教養。」

說完他拿給我看。我接過書，覺得很好奇，一看發現是昭和十八年（一九四三）出版的《修養基礎》，內容大概就是各式各樣的人生訓誡。主文一開頭就寫著「教育敕語」，陳明炎闔上書就流暢背誦起來。

「朕惟我皇祖皇宗、肇國宏遠、樹德深厚。我臣民克忠克孝、億兆一心……」

不但滾瓜爛熟，還像唱歌一樣有抑揚頓挫，有力的嗓音琅琅響起。背到「億兆一心」之後，「呃……」他露出苦笑。現在只記得這些了，但這足以證明他曾經反覆背誦過。

他說，過去念公學校時，每逢天長節（現在的天皇誕辰）或紀元節（現在的建國紀念日）等慶祝儀式，校長都會在眾人面前朗讀。

「『教育敕語』在做人方面是非常好的教材。對於夫妻、朋友、社會，乃至國家都有很深入的思考。」

我問他，為什麼到現在還要讀這本日文書呢？

陳明炎的回信。

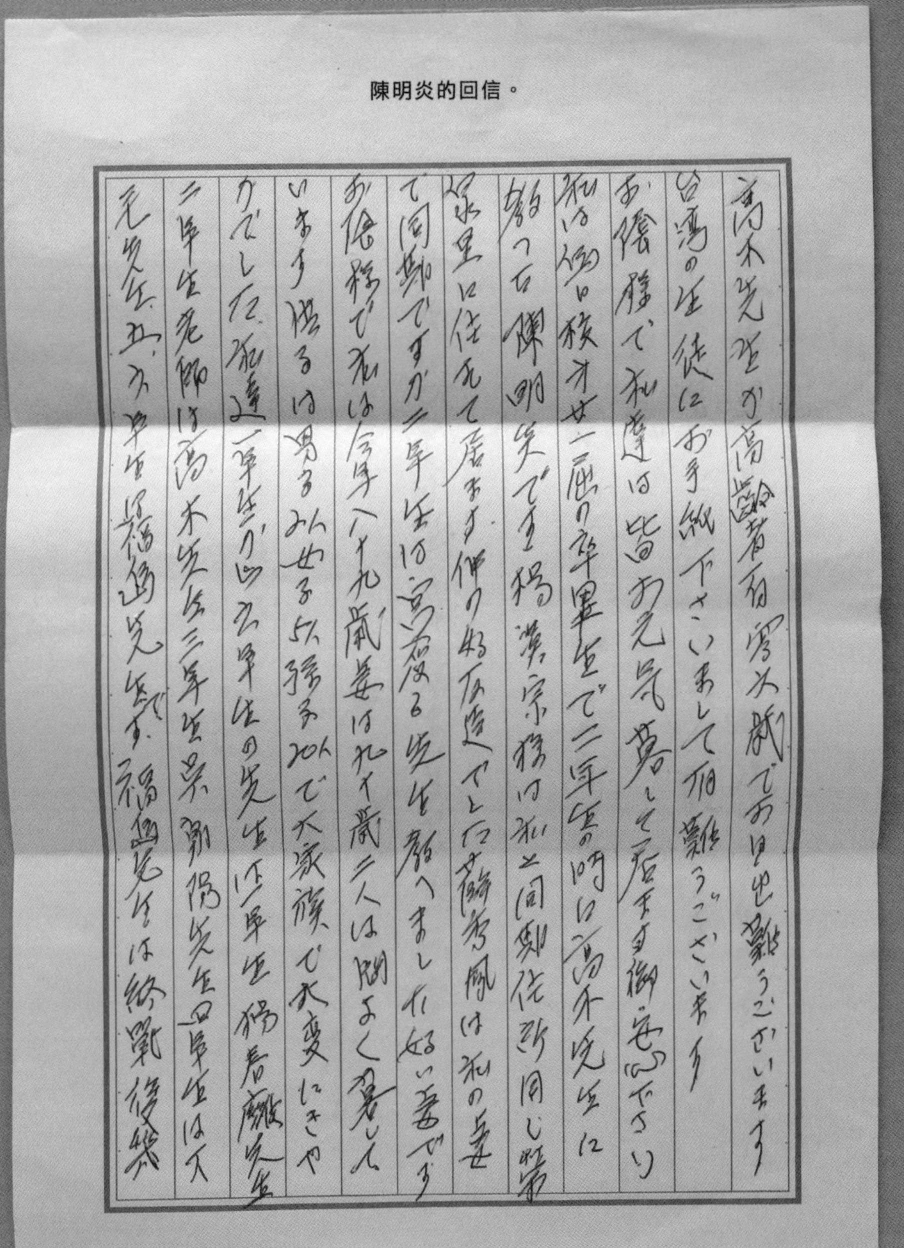
高木先生が高齢者百零六歳でお目出度うございます
台湾の生徒にお手紙下さいまして有難うございます
お陰様で私達は皆お元気暮して居ます御安心下さい
私は御母校第廿一屆の卒業生で二年生の時は高木先生に
教つた陳明炎です楊漢宗様は私と同期生で同じ鶯
歌里に住んで居ます仲の好い友達でした蕭秀鳳は私の妻
で同期ですが二年生は宮度了先生教へました好い妻です
お陰様で私は今年八十九歳妻は九十歳二人は間よく暮して
います孫子は男子みん女子5人孫子20人で大家族で大変にぎや
かでした私達之一年生が四五年生の先生は一年生楊春徽先生
二年生老師は高木先生三年生呉鄭陽炎先生四年生は大
先生五、六年生は福迫先生です。福島先生は終戦後幾

「戰後一直沒有這本書的中文版，日本我看也找不太到了吧。讀了這樣的內容能夠加深個人教養啊。」

我實在很好奇，回到日本之後就在網路上買了這本書。大概三千圓左右就能買到，內容集結了十七條憲法、西鄉隆盛（譯註：江戶時代末期軍人暨政治家）的遺訓，以及喬治・華盛頓、愛默生這類世界知名偉人的人生觀、生平軼事等。除了「教育敕語」，還有「軍人敕語」，以及二宮尊德（譯註：江戶時代後期思想家）、伊達政宗（譯註：江戶時代仙台藩主）等生平故事。雖然用舊體漢字、假名書寫，看起來有點嚴肅，但當作自我啟發的書籍來讀，應該也可從中獲益。

話說回來，我實在沒辦法整本讀完。

陳明炎寄信給高木老師之後，收到了這封回信。

「二〇一五年四月四日傍晚，順利收到兩位（註：陳明炎及夫人）的照片。是附在楊本容的來信中一起收到的。（省略）看到你們神采奕奕的模樣，實在高興得不得了。謝謝，謝謝。忍不住又流下淚。照片中你們倆坐在椅子上，看起來真令人欣慰。往後的日子也要繼續彼此扶持走下去哦。從照片裡可以清楚看到畫軸、玻璃櫃裡的擺飾和花瓶。雖然我現在視力不太好，還是能看出非常美。另外，我的腳不太能動，但腦袋還是很清楚，不會忘記大家。我的生命力就來自希望。今天很謝謝收到你們的來信。祝福大家健康、幸福。

附註　各位的照片將會是寒舍的寶物，代代相傳下去。請代為轉告各位同學，老師也會繼續加油。」

我腦中浮現視力不佳的高木女士努力凝視照片時的模樣。

## 也曾到老師家玩

陳明炎先是在高木老師的班上，到了五、六年級的導師則是另一位姓福島的男老師。由於是畢業時的老師，陳明炎對福島老師的教誨也留下深刻印象。

「盡人事聽天命。遇到事情就努力做好，其他的就聽天命，但重點是要先努力。只要勤奮、努力，就不會出現想偷東西、說謊這種壞念頭。福島老師告訴我們這個道理。」

要是忘記老師的教誨，就會被罰跑操場，有時候也會挨揍。這是一種體罰，就現代觀念來說是錯誤的教育方式，在那個時代卻也是老師熱衷教育的表現。

「那時候覺得老師很嚴格，但他的確為我們全心全意付出。」

不僅如此，福島老師也很會教學，自從接受他的指導，學校的升學率突飛猛進。但後來也因為他的教學能力受到矚目，而受派到純日本人的小學，實在很可惜。在那個時代，日本人的地位畢竟優於台灣人。

雖然高木老師的學生們口口聲聲說日本人與台灣人之間沒有太大差別，但在各個場合中日本人受到優待也是不爭的事實，實際上並沒有達到完全的公平。

福島老師針對想繼續念中學的學生為他們課後補習，陳明炎說他還曾經跟朋友在補習後一起去老師家玩。

福島老師當時剛結婚不久，一回到家，太太就會燒洗澡水，讓他們一個個輪流泡澡，出一身汗。洗完澡還會請他們吃她親手做的烏龍麵。

「她也做過加了洋蔥跟高麗菜的味噌湯給我們喝。在那個糧食不足的時代，老師和師母還請我們吃飯，把我們當成自己的孩子對待，真的很感謝。」

不僅高木女士，其他日本老師也都這樣把台灣學生當作親人對待。

我心想，福島老師本人或許已經不在人世，但說不定能找到他的家人，便嘗試寄了封信給他，但因查無此人而被退回了。

## 生活習慣也是老師的教誨

陳明炎從公學校畢業後先是就讀於台中商業學校，最後一年因為戰爭後期兵力不足，軍方徵調高等學校以上的在學學生入伍，前往高雄的海軍機關工作。戰爭結束那年的十一月，海軍機關解散，他便回到老家務農了一段時間，大概二十歲時在公學校的同學介紹下，進入當地農會任職。

他主要的工作就是把農民運來的稻穀秤重，再將重量記錄到帳簿上。據說戰後不時發生一些不法行為、賄賂等情事。那麼陳明炎是否接受過農民的賄賂呢？

「沒這回事！只要行得正，坐得穩，農民也不會有怨言，反倒對我們很尊敬。對農民說話態度好，有禮貌，都不會出問題。但如果嘴上不乾淨，農民也會發脾氣的。」

其中也有行為不當的農民，例如把放在底下的稻穀泡水，想藉此偷些斤兩。但潮溼的稻穀在保存期間會發熱，導致稻米變黃。在指出這些瑕疵米的時候，更要特別留意自己的口氣與態度。

四十五年的公務生涯，陳明炎只請過兩天假，因為罹患重感冒。

「我念公學校時期練過相撲和田徑，學到鍛鍊身體的重要。每天放學之前固定要到一圈兩百五十公尺的操場跑十圈，跑完還去向福島老師報告，聽到老師說『好，回家吧！』才能離開學校。老師的話比我老爸講的話還重要。」

陳明炎現在每天的日課就是在自家後院的田裡耕作。過去還會每天早上跟太太一起到附近爬山，自從太太的腿力衰退之後，他就改以務農當運動。

客廳茶几上有一張紙，上面寫了各項生活守則。

「現代生活十大守則：嘴巴甜一點、腦筋活一點、行動快一點、效率高一點、開車慢一點、藉口少一點、度量大一點、脾氣小一點、說話輕一點、運動多一點。」

從這張紙可一窺他平日規律正常的生活。

「不工作之後，體力很容易衰退，每天固定運動對身體也比較好。這些生活上的好習慣也都是公學校的老師教的，老師也會告訴我們一些新聞、社會上發生的時事。」

過去在那個沒有電視也沒有網路的時代，訂閱報紙的家庭也不多，公學校的老師還要負起為學生增廣見聞及社會常識的責任。

看陳明炎的舉手投足，實在想像不到他是個將近九十歲的老人家。他的雙臂粗壯，說不定臂力還勝過三十幾歲的我。「鍛鍊身體，鍛鍊心性。不趁年輕時好好鍛鍊，到老了就會體弱多病。」

想想自己，再次覺得好羞愧。

**致力於務農的陳明炎。**

第3章

# 遺留在台灣的日治時代追憶

## 「世界第一美女」（楊吉本）

我在台灣訪談過的這些人，全都異口同聲表示「日治時代真好」。然而實際上，他們身為被統治者所背負的苦惱，至今仍忘不了。當日本人離開之後，台灣人（本省人）接著又被大陸來的中國人，也就是外省人統治。因此，我訪談到的這些說法，都必須考量到這樣複雜的背景。或者該說，在了解這樣的背景之後，才更能體會到與高木女士的回憶至今仍在他們心中抹滅不去，代表了多重大的意義。

「『我要感謝老天爺的大恩大德』。竟然有這等美好的事！」看到楊吉本（八十六歲）這封真情流露的信，讓我更堅信自己的想法。楊吉本的信中對高木女士的感情溢於言表。

「我到現在還記得，全校最漂亮的女老師就是高木老師，令人印象深刻。烏日小學今年創校一百週年，林校長也邀請大家回校慶祝一百週年。

**烏日小學的現況。**

請老師務必蒞臨，大家衷心歡迎。

在日本，一〇六歲並不會上NHK，但老師是最棒的！前一陣子美國報導最近全球最長壽的人是一百一十四歲，高木老師請加油破紀錄！老師是世界第一美女！」

對著八十年前的恩師大喊「世界第一美女」的，究竟是什麼樣的人？真讓我感興趣。

到了楊吉本位於台中市的住家，按了電鈴之後是個看似五十幾歲的人來應門，大概是楊吉本的兒子。他告訴我：

「家父現在到附近飯店的游泳池游泳，我傳LINE給他，你可以過去找他。」

通訊軟體「LINE」在台灣也和日本差不多普及，但將近九十歲也運用自如的年長者就比較少見了。

我立刻到他說的飯店，還是個正門有門房的高級大飯店。進了飯店往健

楊吉本的回信。

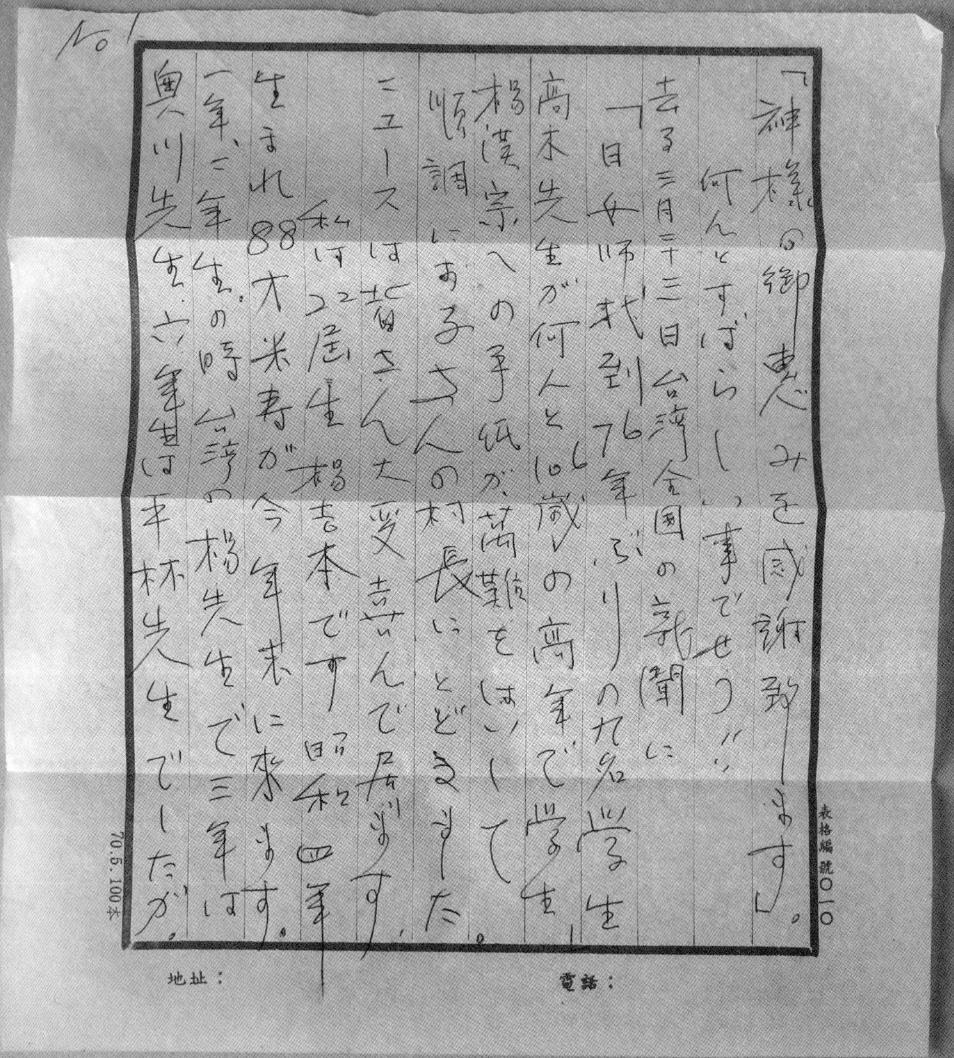
No.1

「神様の御恵みを感謝致します」。
何んとすばらしい事でせう!!
去る三月二十三日台湾全国の新聞に
「日本師找到76年ぶりの九名学生
高木先生が何人と106歳の高年で学生
楊漢宗への手紙が、萬難をはいして
順調にお子さんの村長にとどきました。
ニュースは皆さん大変喜んで居ります。
私は22届生楊吉本です昭和四年
生まれ88才米寿が今年末に来ます。
一年、二年生の時台湾の楊先生で三年は
奥川先生、六年生は平林先生でしたが、

表格編號〇一〇
70.5.100本
地址：
電話：

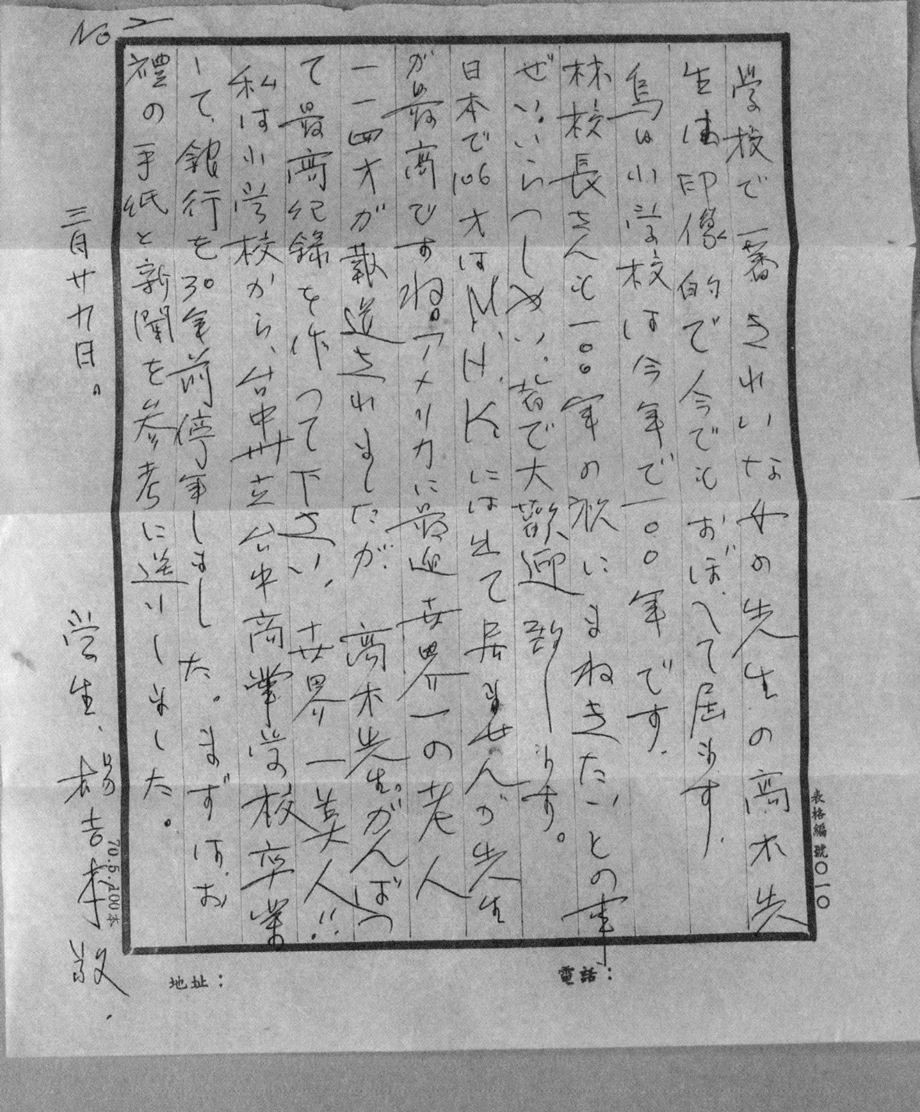

No 2

学校で一番きれいな女の先生の高木先生は印像的で今でもおぼへて居ります。烏日小学校は今年で一〇〇年です。林校長さんも一〇〇年の祝いまねきたいとの事ぜひいらっしゃい。皆で大歓迎致します。日本で106才はNHKには出て居ませんが先生が最高ですね。アメリカに最近世界一の老人一一四才が報道されましたが、高木先生がんばつて最高紀録を作って下さい。世界一美人!!私は小学校から、台中州立台中商業学校卒業して、銀行を30年前停年しました。まずはお禮の手紙と新聞を参考に送りしました。

三月廿九日。

学生、楊吉寿 敬。

表格編號〇一〇

70.5.200本

地址：

電話：

身房的入口走去，看到一名身穿POLO衫，氣質高尚的老紳士坐在椅子上，一頭白髮梳理得很整齊。

「高木老師是隔壁班的老師，其實並沒有直接教過我，但我還記得每次像是結業典禮之類的活動中，她都穿著很整齊的洋裝，當時覺得她好漂亮。她年輕貌美，當年我們雖然年紀小，但是都非常喜歡她。」

楊吉本碰巧在台灣的報紙上讀到高木女士來信的新聞，報導照片中拍到寫了高木老師地址的信封上，於是他就寫了封信寄過去。

## 挨罵的回憶

在楊吉本的心裡，學校男老師嚴格的態度，恰好與高木老師成對比，這令他印象深刻。特別是他曾被導師小寺老師狠狠責罵的往事。

「當時學校附近有一座賽馬場，有學生會去收集吃剩的便當，引發問題。後來，賽馬場就禁止公學校的學生進入。」

賽馬場主要開設給日本人使用，到了夏天，不少人便當只吃一半就丟掉。

照理說學生不許進入賽馬場，但楊吉本在村子裡的樂隊打工，有比賽時就擔任喇叭吹奏，因此學校允許他在比賽時進入賽馬場。

有一天，楊吉本的爸爸和哥哥要到賽馬場，他也跟著去了。他心想，平常打工都能自由進出，今天跟著爸爸應該沒什麼問題吧。碰巧那天遇到小寺老師，彼此也打招呼。老師當下沒說什麼，沒想到隔天到了學校，在全校出席的朝會上老師說了。

「昨天去了賽馬場的人出列！」

楊吉本誠實走上前，除了他之外大概還有十名學生。雖然學校禁止，仍有不少學生會偷偷出入。

朝會結束回到教室後，小寺老師冷不防就在所有人面前甩了他耳光，在啪啪啪的巴掌聲中，楊吉本強忍著疼痛。不僅如此，老師還要他脫下長褲，整節課跪在教室的神桌前面。神桌上有個小神龕，裡頭放了寫著「天照大御神」的牌位。雙腳直接跪在地板上很痛，只穿著內褲在全班同學面前跪著更是丟臉。

平常打工時可以進出的場所，這次為什麼不行呢？而且還是跟爸爸一起去，又不是去撿剩下的便當。他不懂為什麼得受罰，到了午休時間心情還是很鬱悶。後來，保健室的台灣老師建議他：「去跟老師道歉吧。」

楊吉本雖不以為然，但想了想，還是先去道歉吧，於是到了辦公室。

「老師，是我不好。對不起。」

小寺老師聽了之後，「就是說呀，你怎麼不來道歉呢？我一直在等你。很痛嗎？」

說完老師抱緊他，摸摸他的頭。

楊吉本現在是虔誠的基督教徒，當年這段往事他到現在仍常說給教會的教友聽。

「一開始我搞不懂自己究竟做錯什麼，而且我又不是去撿剩便當。不過，規定禁止就是禁止。但只要誠心道歉，說句對不起，公學校的老師就會原諒我。同樣地，人即使犯錯，能夠真心悔過的話，神也會原諒我們。」

把學校老師比喻成神確實太誇張，但從這番談話也能了解，這次經驗對楊吉本的影響深遠。

楊吉本回顧事發當時，「對我的人生來說那是一次重大打擊。雖然老師很疼我，但在全班面前賞我耳光，讓我很沒面子啊。」

體罰，果然會在學生心裡留下難以抹滅的傷痕。

當時在台灣的日本人，照理說都是真心希望台灣變得更好。但正因為人與人以真心面對面，有時不免產生摩擦。

楊吉本說起日本警察對台灣人有多嚴格的往事，因為事過境遷了，才能像講笑話一樣。

「聽說有警察問：『你是不是偷了水井？』對方竟然回答：『對，是我偷的。』但水井根本偷不走啊！」

曾在警局電話交換台工作的楊吉本夫人，對這件事也有印象。

「那時候警局裡頭傳來痛苦的呻吟，聽說是灌了那個人很多水，然後逼他自白。」

日治時期這類負面的過去，也讓人難以忘懷。

## 台灣製日本人

楊吉本從公學校畢業之後，和第2章中提到的陳明炎一樣，進入台中商業學校就讀，卻因為戰爭告急，使得原本該花五年的課程縮短到四年就畢業，十六歲時受徵召加入陸軍。

當時軍方預測美軍會在台灣或沖繩登陸，在台灣也挖了壕溝做好迎擊美軍的準備。

「那時候年紀還小，很捨不得離開父母。雖然不太想去，卻受到強制徵召。」

楊吉本拿了那時候的大頭照給我看，褪色泛黃的照片中，男孩的臉上有一絲落寞與無奈。

另一方面，他至今也如此看待那個時代。

「我在陸軍以學生兵的身分當了一年的一等兵，學到了『日本精神』。誠實、絕對服從、嚴守規則。因為有『修身』的科目。我比日本人還日本人，我是台灣製的日本人。」

最好的證明，就是楊吉本一家人都有日本名字。

「我的日本名字叫做上田恒男。這並不是遭到強制才取的，但有了日本名字，在日本人眼中就是『這是個皇民家庭，是受教育的正派份子，會講日語，並且擁有日本精神』。那時候我父親是村長，經常要跟警察或政府單位往來，這種場合有日本名字會比較方便。

而且，改名字之後感覺更有文化、更進步。雖然並非強制，但覺得會因此受到獎勵。」

最後，美軍並沒有登陸，戰爭就此結束。

## 日文的情書

楊吉本戰後在台中商業高等學校高級部讀了兩年，畢業後到第三信用合作社（現在的三信商業銀行，是台灣的一間大型銀行）任職。戰前只要有學校推薦幾乎都能順利錄取，但戰後因為大量來自大陸的中國人（外省人），競爭變得激烈，錄取的難度也隨之提高。

楊吉本在第三信用合作社的同事和主管全都是台灣人（本省人），客戶也是台灣人，平常在公司也都說台語。

「大家都很親切。我的工作是負責融資給中小企業，很多社長都會來喝茶。」

只要時時提醒自己工作時誠心誠意，客戶也會很開心。楊吉本到六十五歲退休，也曾擔任過分行經理。

他跟太太是怎麼認識的呢？

「戰後我開始工作沒多久，午休時會到我哥哥開的照相館。有一次看到客人拍的照片裡有一張美女照，我就偷偷多洗一張收藏。後來發現照片上的就是每天上班會在車站前看到的人。」

這事情要是發生在現代，肯定會出問題，但當年是對凡事都很寬容的時代。之後經人介紹，兩人取得聯絡，女方來到銀行。那個時代別說行動電話，就連室內電話都不普及。人與人的接觸基本上就靠口耳相傳。

楊太太那時在當地警局的電話交換台工作，兩人相識之後，楊本吉會趁工作空檔從公司打電話到警局跟她聊天。

「我很喜歡唱歌，會唱歌給她聽。Aroma Aroma，迷人的夜晚，月光淡淡，椰影搖曳……」

他會對著話筒輕輕哼著民謠曲調的日文歌。

此外，他也寫情書給對方，使用的當然是日文。

在那個保守的年代，男女在外頭即使牽個手都會引來側目，所謂的約會，多半是找一些共同朋友到附近爬山郊遊。

當時日本電影《青色山脈》在台灣也引發熱潮，正是社會大眾對浪漫戀

收到高木女士的來信，相當高興的楊吉本夫婦。

情極度憧憬的時代。

相約郊遊時，楊吉本從公司打電話會用「去青色山脈」當作暗號。經常一起出遊的朋友有六人，但除了楊吉本及他太太之外，其他人都姓林。在中國和台灣都有避免同姓聯姻的習俗，因此似乎一看就知道，除了楊吉本和他太太之外，其他人都不是情侶。

台中公園裡頭靠近台中神社的集會廳，在戰後變成舞蹈室。美軍帶來的社交舞蔚為潮流，他們也會到舞蹈室約會。

原節子、小林旭、石原裕次郎、法蘭克永井等日本明星演出的日本電影也來到台灣，電影院也就成了另一個約會時的去處。

話說回來，對那時年輕的楊吉本而言，比起電影的情節，他更注重的是在昏暗戲院中與女孩子牽手的時機吧。

兩人交往兩三年後結婚了。婚禮在自家舉辦，楊吉本向父親借了西裝，盛裝打扮。西裝在當時非常昂貴，「差不多可以買一牛車的米。」

## 積蓄全化為廢紙

表面上看來人生始終一帆風順的楊吉本，在戰後不久大批中國人（外省人）從大陸來到台灣時，也有很多難受的遭遇。

「一開始聽到『回歸祖國』這句話還很高興，結果看到來的是被打得落花流水的殘兵敗將，立刻感到好失望。那根本稱不上軍隊吧。」

在楊吉本的眼中，這些人毫無軍紀，走起路來拖拖拉拉，一行人零零落落不成隊伍。跟喇叭伴奏下精神抖擻行進的日本軍人簡直天差地遠。

此外，在國民黨的統治下經濟紊亂，嚴重的通貨膨脹導致物價飛漲。一九四九年發行的新台幣，竟然讓先前的貨幣貶值到四萬分之一。

「我父親那一代的積蓄，全都成了廢紙。日本時代加入的人壽保險也跟廁紙沒兩樣，全部歸零。不過，欠債的人債務也幾乎一筆勾銷了。有個借了一百萬日圓蓋教堂的牧師，結果國民黨來了之後，他欠的債就只剩二十五日圓了。」

這麼一來，拚命儲蓄還不如借款來得划算。

對於國民黨的這些不滿情緒，讓楊吉本更加懷念日治時代。

「日本時代好多啦。善惡分明，非常清楚。體罰雖然不好，但體罰之下就能教出堂堂正正的人。

「跟中國人比起來，我喜歡日本人。那個時代台灣人的確沒有自治權，但這也也沒辦法啦。不過台灣人漸漸接受教育，成了文明國家，也可以參與政治了呀。」

一九四五年修法之後，台灣人也有權參選眾議院議員，卻因為戰敗而未能實現。

楊吉本口中對日治時代強烈的懷念，恰好與本省人在戰後對外省人統治的不滿互為表裡。台灣有句俗話「狗去豬來」，意思是「狗（日本人）」雖然叫得很兇，至少能發揮看門的功用，但「豬（外省人）」只會好吃懶做。

在楊吉本的一生中遭遇了許多事，也有不少回憶，或許回憶中的高木女士更加耀眼。

## 戰後出生的一代對日本批評嚴苛

相對於戰前出生的台灣人對日本統治幾乎一面倒表示肯定，戰後接受國民黨教育的這一代，不少人的認知都是「日本的統治是錯的，是不幸的歷史」。

採訪期間，我入住台中車站附近的飯店，裡頭一名四十幾歲的女性員工強調：

「台灣被日本當作殖民地，掠奪了檜木、甘蔗等許多天然資源，原住民還遭到虐殺。台灣人在日本統治下過得很苦。」

我問她，日本政府不是也致力於基礎建設，為台灣帶來經濟發展的好處嗎？

「鋪設鐵路是為了方便把台灣的資源運送到日本，並不是為了台灣人著想。」她斬釘截鐵答道。

從另一個角度也會有不同的看法，這是可以成立的。講到有些台灣人認為日本時代很好，她則解釋：「那些人從小受的教育就告訴他們日本是個美好的國家，他們是被洗腦了。」

就連判斷出高木女士來信的重要性，努力找出正確地址的郭柏村的主管，陳惠澤，對日本的統治也不以為然。

「人們講到那個時代當然有些民族上的情感。但日本統治台灣還是不太好啊，台灣人沒有政治自由，還一味受到壓榨。」他是戰後出生的世代，今年五十五歲。

我在這次採訪中才知道，在一九八八年李登輝就任台灣總統之前，台灣在國民黨政權下失去自由表達的權力，歷史教育上也嚴格灌輸反日情結。在這個時代的教育下，人們的觀念中對戰前的日本似乎都抱持反感。

陳惠澤也說：「日治時代的治安之所以良好，是因為警察取締非常嚴格。聽說那時候只要偷東西被抓到就要砍掉雙手，況且，人的年紀愈大，愈容易美化過去的記憶。」

看來，戰前與戰後出生的兩個世代，在觀念上的落差極大。

偷竊被抓到要砍掉雙手，我認為應該是誇張的說法，但這的確也代表在日本政權統治下，警察執法有矯枉過正的一面。

## 師生之情超越國界

採訪完楊吉本的隔天，我應他兒子之邀，由他為我導覽台中市區。楊吉本的兒子留學美國，現在是台中當地體育大學的教授，繼續從事運動休閒相關的研究。楊吉本還有四個女兒，其中三人都長住美國。

「我自己也有綠卡。萬一真的出事，我可以馬上離開。」他這麼說。歷經戰後漫長的軍事獨裁時代，讓他始終抱著未來無法預料的危機感。這種想法跟無論好壞早已把和平當作理所當然的日本人，截然不同。

楊吉本的兒子開車載我前往台中公園。這個公園跟日本日比谷公園有些類似，在中央也有一座湖，他兒子指著池子中央像小屋子的建築，據說叫做「湖心亭」。在日治時代一九〇八年，連結台北到高雄的鐵路幹線完工時，在台中公園舉辦了紀念儀式，也有日本皇室人員以主賓身分從日本來參加。當時為了讓皇室人員有地方休息，於是蓋了湖心亭。現在此地已經成為台中市的地標之一，廣受市民喜愛，市區的步道地磚上也有湖心亭的圖案。

接著他帶我到日治時代留下來的「演武場」。這棟建築原先是日治時期蓋在監獄裡的設施，戰後也繼續使用。

一九九二年，監獄搬遷到郊區之後，原地的建築物跟土地都荒廢了一陣子，直到台中市政府於二〇〇四年認定為「歷史建築物」才進行修復。之後因為火災燒毀了大部分，現在成了木造演武場及日式建築風格的時尚咖啡館，吸引不少人潮。

演武場至今仍開設劍道課程，很多孩子在這裡揮汗舞著竹劍。

之後參觀了舊台中市政府（舊台中州廳）。這棟日治時期建造的州廳建築，在戰後仍作為台中市政府大樓使用，直到二〇一〇年市政府遷到郊區，目前裡面只剩下都市發展局與環境保護局兩個單位。

市府建築不知道算不算巴洛克樣式，總之是穩重莊嚴的歐洲風格。入口玄關屋頂設計成圓拱型，紅磚與白色灰泥構成對比的外牆很美。這樣穩重的建築風格令人聯想到日本的東京車站及法務省的紅磚大樓。

我詢問大門口的警衛，是否可以參觀。

「可以啊，沒問題。」

對方爽快的一口答應。在中國大陸，一般民眾沒事根本不可能進入這類市政府等級的政府機關參觀，台灣果然是崇尚民主主義的國家。中庭的草地在悉心維護下生長得青翠茂密。

我詢問看似不到三十歲的女性櫃臺人員。

「妳對日治時期有什麼看法？會覺得不舒服或有反感嗎？」

對方愣了一下，看來好像聽不懂我的問題。

「我是說，台灣過去受到日本統治……」

解釋之後，她才一副恍然大悟的表情，「我沒什麼感覺。」她只淡淡答道。

「這棟建築被指定為歷史建築，我身旁的人都覺得我能在這裡上班很不錯。」

我看看大樓外面，隔著馬路的建築也正在施工，以相同手法來修復過去的政府機構舊址，加以利用。過去在日治時期打造的各棟建築，台灣人至今仍珍惜使用。

楊吉本的兒子帶著我到處看看日治時代留下來的建築，同時告訴我：

「日本當初在建設台灣的各個城市都很有計畫性。比方台中公園就是建造在比較高的地形上，萬一市區發生火災，就可以立刻流放公園水池裡的水來救火。其他像是行政機關、大學、郵局、法院等都集中在一個區域，打造出具備功能性的都市。但是戰後國民黨一來就變得毫無章法。稍微有點教育程度的人，就能了解日本的統治好在哪裡。」

楊吉本的兒子五十幾歲，跟任職郵局的陳惠澤算是同一個年代，當初在學校裡應該也受過反日教育。但由此可知，台灣人之間對於日治時代的評價有很大的差異。既然是民主國家，或許這樣的現象也理所當然。

屬於同一個年代的烏日小學現任校長林秋發則表示,「高木老師和她的學生證明了師生情誼之深厚足以超越國界。太偉大了!」他加重語氣說道:「台灣的教育史是從日本開始的。當初台灣只有私塾,並沒有公共教育制度,很感謝那個時代日本建立起台灣的教育制度。」

那麼,他認為日本統治台灣是好事嗎?

「這沒辦法用好或壞的二分法來回答。日本對台灣的統治,究竟算是託管?還是占領、侵略呢?……無論如何,單就日本在台灣建立教育制度這一點來說,我認為是好的。」

在校長室裡喝著茶,林秋發始終保持冷靜,語氣平淡敘述著。他對於日本的統治展現出視為「歷史一部分」的客觀態度。

走訪現在的烏日小學,可以看到「走廊上請保持安靜」的標語,流露出一股與日本相仿的氣氛。校園裡還留有日治時代創校時刻著校訓「真誠」的石碑,以及作為紀念的大榕樹。這些都是高木女士等當時的日本教師為了台灣學生所留下來的東西。

日治時期留下來的「真誠」石碑。

## 親日派的歷史負資產

前面提到台灣人對日治時期的評價和對國民黨政府的評價，可說是互為表裡。

另一方面，也有許多人因為無法適應變化而苦不堪言。

我在熊本採訪高木女士時，問她有哪些特別關心的學生。高木女士搜尋腦海中的記憶，難過的低聲說：「聽說有個學生，跑到蔣介石政府前面高唱日本的〈愛國進行曲〉。後來好像就被關到一個叫火燒島的離島。」

〈愛國進行曲〉是一九三七年日本政府為了宣揚國威所製作的歌曲，曲調明快開朗，深受歡迎，在台灣也有不少人能琅琅上口。

戰後在國民黨政府面前高唱日治時代的歌曲，當然代表抗議的意思。之所以做這種事，就是對於戰後國民黨統治台灣感到不滿。在那個年代，有很多人因為從事反政府活動而遭到壓迫或流放外島，也是不爭的事實。

戰爭結束一年半之後，在一九四七年二月二十七日，台北市有一名本省婦人因為販賣私菸遭到外省員警舉發。婦人雖然下跪哀求，仍遭到外省員警以槍柄毆打，並沒收她身上的商品及現金。

隔天，也就是二月二十八日，大批市民前往台北市政府遊行表達抗議，憲兵隊卻持機關槍朝民眾開槍，這起事件成了導火線，促使抗議國民黨政府的反對運動延燒到全台灣。

當時參加遊行的群眾以日本國歌〈君之代〉當作台灣人同志聯繫的暗號，不會唱這首歌的就是中國人而排除在外。〈君之代〉成了一種象徵。戰後有一段時期，日本歌曲在台灣被視為對國民黨政府的抗議。

然而，蔣介石全面鎮壓參加遊行的群眾，甚至一律格殺勿論。這起事件牽連到的死者據說有一萬八千到兩萬八千人，也就是歷史上的「二二八事件」。

自此之後，台灣到一九八七年長期壓抑民眾，直到推動民主化的李登輝就任總統，在一九九二年修改刑法之前，台灣民眾沒有言論自由。多年來，在公開場合中談論二二八事件也是禁忌。

高木女士的學生，就是在這樣的社會背景下跑去抗議。

高木女士的語氣帶著懊悔。

「他也是我現在最掛念的學生……但應該已經不在人世了吧。他為了反抗蔣介石，故意唱那首歌來稱讚日本時代的美好。」

暫且以「李幸吉」的化名來稱呼這名學生吧。

「我最想再見見他。那孩子脾氣不好，老是愛惡作劇，最讓我傷腦筋。大概是希望有人關心他，所以故意調皮搗蛋吧。我很想對他說，『老師沒能好好疼你，對不起。』我當了十年的老師，最失敗的事就是沒有抱抱那孩子。結果他還被流放到離島……我作為老師，對他感到很抱歉。」

聽到這個名字時，我突然靈光乍現。我在台灣採訪時曾遇到另一個名字很相似的學生，叫做「李幸意」（化名）。

我們見面時，李幸意幾乎不記得任何日語，加上他也不太會講中文（北京話），都得靠他的家人將台語翻譯成中文。

當時他告訴我，「我弟弟是個頑皮搗蛋的孩子，還曾經惡作劇，想拿剪刀剪高木老師的裙子呢。」

不僅名字相似，調皮搗蛋的個性也符合。

然而，李幸意談到日治時期時是這麼說的。

「當時金屬很珍貴，玄關的鐵窗都被換成木頭材質。另外，跟現在比起來很不自由，那時候沒什麼言論自由。」

由於過去的學生多數都對日治時代抱持肯定的態度，他的回答倒讓我有些意外。

因為印象深刻，後來我再次到台灣時又到李幸意的家中拜訪。

「你認識李幸吉這個人嗎？」

我一問，他透過念大學的孫子翻譯說道：「李幸吉是我弟弟，小我三歲，在二十多年前就過世了。」

果然猜得沒錯呀。雖然有些難以啟齒，我還是問了他是怎麼死的。對方回答：「因為發生了車禍。」

之後我也不方便繼續追問「流放到離島」的事了。

而且高木女士當初拜託我時也說：「只要幫我問問認不認識這個人就可以了。」

如果高木女士聽到的消息屬實，那麼這位兄長李幸意對日本的感覺，或許受到弟弟親日卻落得悲慘人生的背景所影響。據說李幸吉服刑期滿後回到台灣本島，卻仍不斷唱歌抗議，一次又一次被關到外島。如果並非如此親日，他的人生應該會過得更幸福一些吧。

但即使是李幸意，回憶時也說了，「高木老師上課很嚴格，但下課後會陪我們聊天，跟我們一起玩。」而且他還對我說：「下次你見到高木老師時，請轉告她，『祝福老師長命百歲。很抱歉我的日文全忘光了，沒辦法回信。請老師保重身體。』」

台灣人對日本的情感的確深切且複雜。

第4章

# 高木老師一路走來的一〇六年

## 「長壽的祕訣就是努力」

從博多站搭乘九州新幹線到新玉名站，大約五十分鐘車程。車窗外的景色一下子就變成田園風光，快吃完在博多站買的大號青花魚壽司時，列車緩緩滑進目的地的月台。

穿過自動驗票口走到站外，迎面映入眼簾的是一大片稻田。時值初夏，青翠的稻穗隨風搖曳。要說大型建築物，大概只有遠方的中學吧，放眼望去幾乎看不到商業設施。新玉名站在二〇一一年三月十二日九州新幹線開通時開站啟用，是一座位於田園正中央的新車站。

周邊人口較少，多半以汽車為交通工具，路上看不到什麼行人。我在車站前招了計程車，沿著河邊行駛約十五分鐘。聽計程車司機說，將近十年前還有零星的個人經營小雜貨店，但差不多都關門了，現在只有田地跟住宅。二〇一五年六月，我第一次走訪此地。

到了高木女士的家，走進大門，緣廊外的庭園整理得很清爽，綠意盎然。

我朝玄關喊了一聲，走出來的是高木家的長女惠子（七十六歲）以及次男保明（六十六歲），兩人領著我來到客廳，高木女士就坐在和室裡的桌前。

「謝謝你不遠千里來到這裡。」她對我說。

高木女士在一九〇八年出生於熊本縣玉名市，是家中的次女，目前她還住在老家。此地是西鄉隆盛（譯註：1828-1877，幕末武士及明治政府大臣，後與政府決裂，引發西南戰爭，戰敗後自決。）戰死的西南戰爭所在，至今在這一帶只要講起「先前的那場戰爭」，指的就是西南戰爭。

西南戰爭發生在一八七七年，高木女士在三十年後出生。她的祖父在西南戰爭中被迫上戰場，日後經常說起在戰場上拿稻草編成草席用來運送傷兵的事。距離玉名很近的田原坂是當初最大的激戰地點，據說這裡也是日本紅十字的發源地。因此，「無論是軍官或西鄉隆盛都獲得公平的協助與治療」是高木家引以為傲的事蹟。

高木女士雖然駝著背，但她說話的態度和住家的布置感覺都很有活力，實在不像出生於明治時期已有一〇六歲高齡的人。現在她每天固定做些編蕾絲的手工藝，還有誦經。她說，誦經時總會祈求她的學生平安健康。

「頭腦不鍛鍊的話就沒辦法活得老，必須常常刺激大腦。為了不痴呆，我每天睡前會在腦子裡複習一遍漢詩。還有啊，凡事多挑戰，保持好奇心最重要。長壽的祕訣就是努力。」

和高木女士談話時，最令我訝異的就是她的記憶力。無論是學生的名字、某件事發生的日期，甚至連發生的地點，她都記得清清楚楚。

「烏日那一帶我很熟。學生的家只要走路能到的我都知道，忘不了。」

拜這股神奇的記憶力所賜，回顧高木女士這一百〇六年的人生。

## 霧社事件之千鈞一髮

高木女士出生時是早產兒，她的父親高木安太認為「這孩子一定活不久吧」，於是沒有立刻去報戶口。這在家家戶戶孩子多的年代，是理所當然的價值觀。沒想到高木女士健康成長，直到擔任村長的伯父提醒：「也該去報戶口了吧！」才在十月十一日提出出生證明。

然而，實際出生日應該在幾個月之前才對，至於高木女士真正的生日，「（除了父母之外）只有已經過世的伯父才知道。」

擔任員警的父親在一九一五年自願請調到台灣中部的後里駐在所。那裡有兩名台灣人，六名日本人，共計八名員警值勤，在當時算是個規模較大的駐在所。畢竟那是大日本帝國傾全國之力在海外新領土的時代，不少有志的年輕日本人都會想前往台灣、朝鮮這些新天地，試試自己的能耐。高木女士的父親也是其中一人。

一九一七年，就讀小學三年級的高木女士也跟著母親到了台灣，轉學到當地的小學就讀。她說，當時到鄰居家裡玩，還會看到有人躺著吸鴉片。因為父親調職的關係，五年級時她轉學到台中市區，六年級時則因為家裡的關係，返回熊本念到小學畢業。

小學畢業後，高木女士回到台灣進入高等科（相當於現在的中學）就讀，之後從台中高等女學校畢業。接受了一年的教職課程後取得教師資格，被烏日公學校錄取成為教師。

接下來到三十歲的十年間（一九二八到一九三九年），她都在烏日公學校任教。

一九三〇年，高木女士二十二歲時，在父親的介紹下與任職於台灣的日本員警結婚。不知為什麼，結婚後竟然四年都沒去登記。「大概想再觀察一下吧？很怪對吧？」高木女士笑著說。

對高木女士而言，那一年除了結婚，也是「霧社事件」發生的同一年。十月七日，在同樣位於台中的「霧社」地區，因為日本警察毆打台灣原住民青年，後來竟演變為原住民暴動事件。十月二十七日，一群原住民襲擊在霧社各地的駐在所，還攻擊霧社公學校的運動會。攻擊的對象只限日本人，總計約有一百四十人遭到殺害。這是台灣日治時期最大規模的一場暴動。

事實上，在那場運動會現場也有高木女士的親戚。高木女士先生的姊姊一家人，因為姊夫是派駐在霧社的員警，全家人一起參加女兒就讀的公學校運動會。

運動會上正播放著國歌〈君之代〉伴隨著國旗飄揚的當下遭到攻擊，幸好大家都平安無事。姊姊、姊夫的女兒，也就是高木女士的外甥女，臉上沾著其他人的血，躲到洗手間而得救。在每日新聞社製作的《別冊 一億人昭和史之日本殖民地史 台灣》的小冊子裡，於「在公學校宿舍廁所守護十一名兒童的小島夫人及得救的孩子們」的說明旁，還拍到高木女士外甥女獲救後的模樣。

高木女士當年也親身見識過歷史事件。在「霧社事件」發生之前的一九二八年，香淳皇后的父親久邇宮邦彥王以陸軍大將之姿來到台灣視察，就發生了被居留台灣的朝鮮人攻擊的刺殺未遂事件（史稱「台中不敬事件」）。

「我就在現場親眼目睹。朝鮮人是藥房雇來打零工的人，就在圖書館

（台中州立圖書館，現在是合作金庫台中分行）的轉角，趁車隊回程時發動攻擊。（邦彥王鑽進車裡之後）那個人直接衝出來抓住汽車的保險桿，但馬上從車上被抓下來。事後台中州知事立刻辭職。」

高木女士說：「我可是經歷過很多大風大浪呢，簡直就是一本活字典。」沒有人比她更有資格說這句話了。

一九三三年，在她二十五歲時，小她七歲的弟弟幸壽不幸驟逝。聽說是在田徑賽中賽跑後倒下，好像是心臟衰竭所引起。高木幸壽也和他姊姊一樣，走上教師之路，才剛到公學校任教不久便離開人世。

## 與台灣學生相處的日子

一九三八年十一月，高木女士生下了長女，隔年三月她便從公學校離職。這女孩就是以一手娟秀字跡為她代筆寫信的惠子。

生下長女到離職的這幾個月，高木女士背著女兒到公學校，趁下課時間

區域田徑賽中烏日公學校獲勝時的大合照。最左側是高木女士。

哺乳。學生們看著寶寶喝奶時的小臉，甚至有學生說：「老師，把她給我當太太！」

台灣學生跟高木女士之間的關係，就像家人一樣親密。

早上到學校的學生抱著高木女士說：「老師，早安。」

高木女士也會張臂擁抱學生：「遠道來上學，一路辛苦了。」當時由於交通狀況不佳，還有學生得搭船渡河來上學。遇到有颱風時，她也會擔心學生的安全，「你還得過河，趕快早點回家吧！」

每到午餐時間，高木女士拿出便當來吃，就會有學生靠過來，曾有人指著她便當裡的醃鱈魚子問道。

「老師，那個紅紅的是什麼？」

「好吃嗎？味道是甜的還鹹的？」

「分我吃一口看看！」

台灣沒有食用醃鱈魚子的習慣，學生看了覺得很新奇吧。高木女士也在跟學生的交流中學會了台語。

「老師，我可以去買『土豆』嗎？」

土豆是台語，就是落花生。

萬一學生不小心尿褲子，她就帶著學生到附近的河邊清洗身體和內衣褲，對學生來說，高木女士確實就像母親一樣。

下課時間她會跟一群學生圍坐在榕樹下，一起踢石子或是玩拋接小石子的遊戲。前面曾提過，校園裡的大榕樹是烏日公學校創校時栽種的紀念樹，至今仍受到悉心照料。有一名年近九十的校友，現在依舊定期到學校為樹澆水。

另外，刻有校訓「真誠」的石碑，也流傳到現在。

高木女士的學生之中，有一位參加了台灣全島作文比賽，並且獲得優勝。有一次家政課教大家用舊襯衫重新縫製成小嬰兒的尿布，那名女學生把製作的過程和完成之後讓小寶寶穿上尿布的心情仔細描述，寫成參賽的作文。

台灣學生一年級時不太會講日文，多半是由台灣教師指導，到了二年級之後才換成日本老師。高木女士當時負責的是二到三年級，同時兼任四到六年級女學生的家政課。

女學生要在畢業典禮上穿自己縫製的和服，看到有些不擅長縫紉的學生，高木女士會把她們找來家中個別指導，讓她們能趕在畢業典禮前完成。到現在她還記得，大夥兒花了一整天時間邊聊天邊縫製。畢業典禮當天，大家都開開心心穿著和服參加。

在家政課另外也會學習刺繡、製作洋娃娃。學生製作的作品布置在展示會上，讓家長也看得驚呼連連，非常高興。

甚至有來到學校視察的教官說：「我想要這些！」高木老師聽了之後斷然拒絕：「怎麼可以把學生的作品隨便給人呢？」。

當時能上學的台灣孩子，相對來說家庭經濟狀況算是比較好的，但仍有很多學生是打赤腳上學。

這些學生在上學途中打赤腳，到了學校才穿上鞋。在學校裡學生都穿著鞋，打赤腳的話會很難為情吧，因此到了放學時間才把鞋子脫了，赤腳走回家。那個時代一雙鞋就是如此珍貴。

高木女士剛任教時，有個學生在家中田裡看顧水牛，不小心淹死。她還記得這個學生因為家境不好，為了省車錢都是走路上學。高木女士帶著奠儀去弔唁時，學生的父親悲從中來：「他的朋友都去玩了，我若是沒讓他去看顧水牛該有多好！」說完，兩人都忍不住流下淚來。

就這樣，高木女士與眾多學生結識又離別，結束了十年的教職生涯。

## 對台灣說「感謝多年的關照」

離職之後高木女士在台灣專心家務跟帶孩子，但就在她離職兩年後，一九四一年發生珍珠港事件，開啟了太平洋戰爭。

「沖繩戰之前就來了格魯曼（F6F地獄貓戰鬥機）。一共來了五架，我就躲在防空洞附近的樹蔭下，看到戰機一下子飛很低然後開始掃射。」

據說高木女士當年居住的警察宿舍，旁邊的天皇陛下肖像遭到砲彈攻擊。美軍鎖定了位於台中的某處基地攻擊，連帶著警察宿舍也受到波及。

之後陸續更換了幾個避難地點，直到大戰結束。

在台中豐原聽到天皇宣布投降的廣播時，高木女士看到道路兩旁拉起了寫著「歡迎　還我河山」的布條。她低聲喃喃：「好不甘心！」

戰爭結束隔年的三月，她遭受遣返回熊本。

遣返時隨身攜帶的財產有嚴格限制，所以她把伯父送她的帛琉珍珠戒指都扔進海裡。

從住家附近的車站前往台北基隆港時，一名她教過的學生和常去的蔬果店老闆來為她送行。兩人高舉雙手，大喊三聲：「高木老師萬歲！」

高木女士台灣家中的黑柿木與黃連木櫥櫃、有田燒花瓶、掛軸以及棉被等家具及生活用品全都留下來，她對來送行的兩人說：「你們就分掉吧。」

後來到底如何處置的，也不得而知了。

搭上美國貨船「自由號」時，在台中度過的教職生涯宛如走馬燈似的浮現在高木女士腦海。同時她將映入眼簾的景象一一牢記，對台灣深深一鞠躬，「感謝多年來的關照。」

「根本沒機會跟學生說再見啊。」

接下來的十三天，都被關在船艙底，配給的食物一天大概只有半個飯盒，隨時都處於飢餓狀態。上廁所得到甲板上一塊突出五、六十公分的板子，朝著大海「方便」，所以深怕一不小心就失足落海。

通過沖繩一帶時，船上通知附近有水雷，要大家做好隨時會死的心理準備。高木女士只能抱著年幼的女兒，忐忑不安的待在船艙底，等待危機過去。

好不容易船隻抵達廣島縣宇品港，卻因為檢疫又被關上十二天。當時下雪了，從台灣來的人感覺很新奇，還有人收集雪撒上糖來吃。總算順利登陸後，全身上下又被噴灑白色粉狀的ＤＤＴ殺蟲劑，完成消毒才從廣島車站搭上火車。

途中看到遭原子彈轟炸燒成一片廢墟的市區景象，這才體認到日本戰敗的現實。

## 原已放棄的丈夫

返回日本之後，高木女士好一陣子都無法與學生聯繫。當時台灣已經成了中華民國的領土，禁止使用日語。那是一段政府對人民迫害的「白色恐怖」時期，當權者鎖定日治時代的知識份子，徹底打壓有可能反抗的人。因此，當時也沒辦法寄信到日本。

另一方面，高木女士在戰後也過得很辛苦。她的先生在戰爭期間從台灣被調派到印尼泗水擔任警察。

豈料戰爭結束後，當地有人對他說：「帶你去個好地方。」抵達的卻是位於新加坡樟宜的監獄，他就在這裡被關了將近兩年。據說每天早上八點半，會有人頭上罩著布袋被帶出去槍決。他們都是在東京審判中被判為BC級戰犯的人。

高木女士在戰後回到熊本，從事原本不熟悉的農作之外，也養蠶收絲，再像「白鶴報恩一樣」織布縫製和服。對於丈夫，她說，「戰爭結束後也不見他回來，我一度已經放棄」，因為沒有任何音訊。等到先生回到浦賀時，已經是一九四七年。兩人在隔年生下了次男保明，保明自嘲是「戰爭伴手禮」。

戰爭結束之後大約三十年，到了一九七〇年代中期，高木女士總算跟學生之間又有了交流。這時，蔣介石和毛澤東皆已相繼過世，台灣社會也總算迎來了新時代。

高木女士突然接到名叫陳岩火的學生打來電話。「我現在來到佐賀縣，明天會去熊本。」

電話號碼可能是向人打聽來的。高木女士說剛接到這通電話時，「以為在做夢。」

這時，她已經六十七歲了。

相約重逢的那一天，高木女士坐上女兒惠子的車，前往約定的地點熊本城。停車場上停著台灣旅行團搭乘的巴士，惠子高喊著：「請問哪一位是陳岩火叔叔？」

已經長大的學生從巴士車窗探出頭來，笑著說道：「不要叫我叔叔啦，叫大哥就好。」

由於是跟團旅遊，其他從台灣來的旅客都去參觀熊本城，陳岩火卻說：

「我不去看那個什麼城啦，我是要來見老師的。」

他和高木女士坐在長椅上開心敘舊。陳岩火問：

「老師，我在學校的成績怎麼樣？有前五名嗎？」

高木女士回答他，「我記得應該有前三名唷。」他聽了非常高興。

「我文筆不好，信寫得不多。不過我現在很好，也很努力。我會再來熊本的。」

陳岩火說完，拿著從台灣帶來的茶葉罐送給高木女士。高木女士也給了他熊本傳統工藝肥後象嵌的領帶夾。

陳岩火當時應該有把跟老師一起拍的照片給其他公學校時期的同學看了吧，因為在那之後，高木女士就經常收到學生寫來的信，兩年後又跟另一位學生林汝松在熊本城重逢。

預計參加旅行團到日本玩的林汝松，先寫了信又打電話通知高木女士，並約好在熊本城碰面。

沒想到林汝松在前往熊本城的路上，坐在巴士裡看到寫著「玉名」的路標，就急急忙忙衝下車。他以為高木女士的住處就在附近。

他靠著手邊的地址來到高木女士的家，但高木女士已經出門前往熊本城，兩人之後總算在熊本城見到了面。由此也可體會到林汝松想要盡快見到恩師的焦急心情吧。

季節正值深秋，高木女士當時又因腦中風後遺症的關係，手會顫抖不止。看到她這副模樣，林汝松問道：「老師，妳會冷嗎？這裡好像曬不到太陽。」

他非常關心老師的身體狀況。

「老師家的院子種了六棵松樹對吧？我的名字裡也有個『松』。另外，我還看到小倉庫門外吊著洋蔥耶。」

毫無重點的隨口閒聊，填補了數十年來的歲月。

## 地址錯誤

聽了這段故事後，我到台灣拜訪林汝松（八十八歲）的家。

高木女士與林汝松順利在熊本城重逢之後，兩人書信往來了很長一段時間，後來卻突然音訊全無。高木女士很擔心，猜想他是否已不在人世。

我帶了林汝松最後寫的一封陳舊信件影本，照著信上的地址尋訪。

從市區搭乘計程車，經過將近十五分鐘車程，來到住宅區的一角。聽說他在公學校時期是搭渡船上學，但這裡現在已經看不出曾經有河流。我來到的這戶人家，玄關大門是玻璃拉門，可以看到屋內的狀況。客廳裡有位老先生坐在藤椅上看電視，我心想，說不定就是這個人。一邊敲敲門，同時對著裡頭呼喊。

一名看似兒子的男性從屋內走出來。起先一臉不解，等我說明來訪的緣由之後，他露出微笑。

「林汝松是我爸爸，就坐在那裡。」他邊說邊轉過頭，指著正在看電視的老先生。

兒子用台語對父親轉達我的來意後，我走進屋裡。

「您好。請問是林汝松先生嗎？」我開口詢問。

「是啊，我就是。」對方很自然用日文回答。

「我想來跟您聊聊高木老師的事。」

林汝松聽到我這麼說，臉上立刻泛起愁容。

「高木老師啊，已經過世了。我寄了好幾封信給她，都沒有回音。」他答道。

怎麼回事？是出了什麼問題讓他誤以為高木女士已經過世了呢？

「不對不對！高木老師還活著呀！今年一〇六歲，還很健康呢！」

聽到我加強語氣的說明後，林汝松說：「咦？真的嗎！我寄了好幾封信過去都沒消沒息，害我以為她過世了。」

我覺得不太對勁，問了他信上寫的地址，結果其中有個數字弄錯了。他說將近五年前寄過兩三封信，大概只憑記憶寫了錯誤的地址，所以都沒寄到吧。真是太可惜了。

林汝松從公學校畢業之後，進入台中市第一中等學校就讀，在學期間到了高雄市的港灣警備當學生兵。沒想到日本戰敗，之後大概兩個月海軍就解散了。

「那時候很辛苦啊。要鍛錬成為日本軍隊的一員，非常艱苦難熬。」

他拿了在海軍服役時的照片給我看。照片中的他身穿水手軍服，軍帽上以反白字清晰寫著「大日本帝國海軍」幾個字。整個人看來精神抖擻，充滿男子氣概。

戰後他繼承父親經營的雜貨店，但幾年後讓給弟弟，自己在二十五、六歲時改開計程車。三十出頭時成立車行，到了五十歲又開設澱粉工廠，是個成功的企業家。

高木女士的學生有不少都是社會成功人士。

「還活著唷！」

跟林汝松閒聊了一會兒，他遞給我便條紙，「可以麻煩你留下高木老師正確的地址跟電話嗎？」

我拿了原子筆寫下，還反覆檢查過，以免弄錯。

「你的地址有個數字弄錯了，照這樣寫應該就沒問題，你可以再寄一封信過去。」

我再次提醒他。

林汝松接過便條紙，看著上頭的數字念了幾次，然後問我要怎麼打電話到日本。我也不太知道該怎麼從台灣撥打國際電話到日本，當場上網搜尋，把該撥打的號碼寫下來。

「這樣應該就能撥通。」我把便條紙給他。

林汝松和他兒子問我：「現在可以打嗎？用這個電話就打得通？要不要現在就打打看啊？」一邊說，一邊指著沙發旁邊的紫紅色室內電話。

我拿起話筒，照著便條上寫的號碼一個個慢慢按下按鍵。林汝松和他兒子在旁邊屏氣凝神，就連我也開始覺得神奇，這樣真的就能撥通到熊本了呢！

電話響了幾聲之後，另一頭傳來聲音。

「喂？」

是高木女士的兒子。我說明了一下狀況，接著又換她女兒來講。我告訴她林汝松還在，很健康，現在就是從他家裡打的電話。她很激動的高喊：

「媽！林汝松還活著唷！」

我請她把話筒交給高木女士，同時也讓林汝松來講電話。林汝松對著睽違幾十年的恩師說：「喂？高木老師嗎？我是林汝松啊！」

他說話的語氣就像面對知心好友或親戚，非常親近。一派輕鬆自在的模樣，彷彿兩人至今仍天天碰面。

「我寄了好幾封信，都沒收到回信呀。嗯嗯，好像地址寫錯了。我之後會再寫給您。」

很開心與高木女士通電話的林汝松。

高木女士也向他打聽其他學生的近況。

「陳岩火過世了。」

就是第一位到日本見到高木女士的學生。接著林汝松也報告了其他高木女士掛心的幾位學生近況。

講完電話，林汝松從屋裡找出舊相簿，拿出跟高木女士在熊本城重逢時拍的合照給我看。當年兩人都還年輕。林汝松和高木女士輕輕牽著手，看起來就像母子。

前面曾提到，當時林汝松本來約好和高木女士在熊本城碰面，結果途中卻自行跑到高木女士的家中，兩人差點擦肩而過。不過，林汝松說就算只看到老師家的外觀也很高興。

我拿了高木女士在熊本拍攝的近照給他看，他瞇起眼睛端詳許久，想必湧現許多回憶吧。

「我還想再去拜訪老師。等我身體好了，要再去找她。」

他一遍又一遍告訴我。

另一方面，高木女士則笑著說：「雖說地址弄錯，但我們這一帶就算寫錯一部分地址，大家也都能順利收到信耶。林汝松說他文筆不好，該不會他其實根本沒寫信吧。」

不過，高木女士隨即又露出無比慈愛的神情：「林汝松啊，從小就是個愛撒嬌的孩子，經常留在學校不肯回家。每次我都得催他早點回家。」

這段師生之間的關係永遠都不會改變吧。

## 傳信貓「恰恰」

其實，高木女士現在因為另一件事成了話題人物。

《朝日新聞》二〇一五年十一月九日刊載了這篇報導。

「陌生貓咪來到家中，與超過百歲老奶奶一見如故。老奶奶的女兒在貓咪項圈上綁了一封信，貓咪便帶回給飼主。兩年半來，飼主已收集超過八百封信件。以信件結緣的兩個家庭，將貓咪稱為『傳信貓』或『看護貓』，對牠疼愛有加。」

報導中提到的老奶奶，正是高木女士。

附近鄰居家的公貓「恰恰」，二〇一三年春天第一次跑來高木女士家裡玩。當時高木女士因為肺炎住院，出院回家後仍臥病在床。但據說自從恰恰來到家裡之後，高木女士的身體很快有了起色。女兒惠子稱牠是「看護貓」，非常喜歡牠。

有一次，惠子在貓咪回家時跟在後面，才知道貓咪的飼主原來是自己的學生。惠子也跟母親走上一樣的路，成為中學老師。

於是惠子把恰恰和高木女士嬉戲的狀況寫成短信，綁在恰恰的項圈上讓牠帶回家。起初飼主也很納悶，後來惠子表明自己的身分，學生又驚又喜，便開始回信。

恰恰不是傳信鴿而是傳信貓，為飼主的書信往返盡一份力。就像高木女

抱著恰恰的高木女士。

士和台灣學生以書信交流一樣，女兒惠子也透過恰恰與自己的學生通信，這實在是太美妙的偶然。

奇遇不僅止於此。原來那位學生的父親戰前也在台灣，而且竟然也認識高木女士！他還說「高木女士對我像疼自己的孩子一樣」。這等緣分真是令人不可思議。

我到高木家拜訪的當天，恰恰又從緣廊晃呀晃的來到屋內，跳到高木女士的腿上。高木女士也很開心摸著牠的頭，「恰恰乖，來這裡。」

高木女士告訴我：「我想活著看到東京奧運，不過到時我就一百一十二歲了，應該很難吧？」

藉由台灣學生與恰恰的書信往返，似乎能讓高木女士愈來愈長壽。

# 第5章

# 睽違八十年的「熱淚同學會」

## 網路上重逢

就這樣，高木女士與台灣的這群學生再次通信互動，但故事並沒有就此結束。

順利通信之後，更進一步利用網路視訊來連接距離遙遠的台灣與熊本，促成老師與學生真正「重逢」。這個計畫就在台灣啟動了。

這項計畫的中心人物，是一開始送信的郵差郭柏村的主管陳惠澤。陳惠澤負責聯絡高木家、烏日小學以及台中市政府等相關單位，然而通信廠商的挑選以及相關經費方面，都無法順利定案，此案因而面臨停滯。

就在這時，有個看到報導的日本電信商主動表示願意提供協助。這家專門經營視訊會議系統的公司「V-CUBE（威立方）」，願意負擔本次計畫的所有費用與設備。

「即使身在遠方，依舊能像親臨現場一樣溝通無礙。」以此為經營理念的威立方公司，兼顧企業宣傳與社會回饋，而免費提供贊助。如果沒有他們的協助，這項計畫恐怕就無法實現了吧。

配合母校烏日小學的創校一百週年紀念，活動日期就選定在二〇一五年九月八日，以網路來連接高木女士在熊本的住家，和學生們集合的烏日小學。終於，傳統媒體的書信與新興媒體的網路一起攜手，準備迎接闊別八十年的重逢。

## 挨家挨戶打招呼

九月八日星期二，我在一個萬里無雲的秋日晴空下走進烏日小學大禮堂。全校師生已經聚集在此，此外也來了多家媒體的攝影機以及當地政府機關人員。

活動預定從下午兩點展開，開場前半小時，已成為老人家的校友們陸續來到會場。

最初收到高木女士來信的楊漢宗之子楊本容，大約在活動開始一星期之前，就挨家挨戶到每一位校友家中拜訪，對當年的學生和他們的家人說：「這是千載難逢的機會，請一定要來！」

他說，平常通電話、通信固然很好，「但如果能直接面對面，更能表達心意。」

不僅如此，在活動當天上午，他還一個一個打電話給說好要出席的人，提醒他們：「活動在下午兩點開始，請大家在一點半就要到喔。」

他一心一意想著要代替臥病的父親楊漢宗做好這件事，希望盡量找到更多學生來參加，讓高木老師開心。

出席者由家人開車送到校門口，禮堂入口還有在校生表演獨輪車特技，迎接校友。進入禮堂後，兩旁有學生列隊，陪同年長的校友上樓梯。

高木女士的學生們被安排坐在禮堂大廳的最前排，由在校學生引導入座。

我跟剛坐下來的楊爾宗打招呼，他笑著對我說：「真的能見到老師嗎？我到現在還是半信半疑。」

想到就快見到當年曾幫他在臉上塗藥膏的恩師，楊爾宗臉上難掩期待與不安。

對於手機不離身的新世代而言，使用視訊輕而易舉，但對於他們這個年代的人來說，這還是難以想像的工具。

終於，從禮堂天花板垂吊下來的大螢幕上出現了高木女士。她脖子上圍了條絲巾，是為了這一天特別打扮。畫面下方有她女兒特製的扇子，寫上「感動」、「絆」、「友好」等幾個漢字。這是為了萬一忘記日文的人著想，寫漢字的話大家應該都看得懂吧。

可以看到高木女士的房間還放著熊本當地的代言明星——熊本熊。或許也想藉由當地話題來炒熱氣氛。

學生們好像有些驚訝，睜大雙眼，一臉懷念的盯著螢幕。烏日小學校長林秋發宣布：「可以看到高木老師了！」

頓時會場響起如雷掌聲。校長接著對全體學生說：「這些將近八十年前的校友，現在都成了九十歲左右的老爺爺、老奶奶。今天我們見證到的，是跨越世紀，超越國界的師生情誼。各位也要尊敬老師，做一個讓高木老師驕傲的學生！」

校長對其他學生說明了事情的始末後，轉頭面向高木女士。

「您好嗎？」校長用日文問道，高木女士說出第一句話：

「謝謝大家，我很好。」

麥克風的聲音有些模糊，但聲音確實從日本傳到台灣了。

接下來由在校生表演小提琴演奏。「Jingle Bell」的曲子雖然有點不符季節，但也能充分表達出他們想為這些老校友慶祝的心意。

此外，他們還用日文獻唱了日治時代的校歌。據說只花了五天時間練習。

「紅紅朝日　燦爛陽光　生在烏日　吾愛吾校。」

學生以清晰的發音輕輕唱著。當時的校歌旋律非常簡單，聽起來很樸實，像童謠。

接著會場播放電影《海角七號》的主題曲當作背景音樂，林秋發校長再

視訊會場聚集了很多高木女士過去的學生。

**視訊當天，又緊張又高興的高木女士。**

次致詞，並有日語口譯人員負責翻譯。

「高木老師，非常謝謝您對烏日小學的貢獻。烏日小學至今仍發展得很好，學生們也和校友一樣都很優秀。我們絕不會忘記高木老師過去的教育與指導。」

說到這裡，學生們朝著高木女士用力揮手。

台中市長也蒞臨現場，走到台前致詞。

「高木老師的信經過一波三折，總算寄到學生手上，大家才能迎接這麼令人感動的一天。」

市長再次用中文說明了那封信的內容，並宣布那封信和照片將保留在烏日小學，成為校史的一部分。

高木女士的學生們在螢幕前方排成一列，唱著日治時期的校歌，並拍攝紀念合照。

活動開始將近一小時後，終於到了學生跟高木女士對話的時間。

## 說不出話

號稱「至今仍秉持『日本精神』」，曾任村長的楊海桐握住麥克風，抬頭挺胸、精神飽滿地對恩師說：

「高木老師，恭喜您！」

「老師好，我是楊海桐。我是烏日小學第十九屆的畢業生，我跟朋友都祝福高木老師……老師身體硬朗，健健康康，真的很恭喜老師！謝謝您！您教會我們講很多日語，謝謝老師。」

高木女士也開口說話，卻被楊海桐的聲音蓋住，聽不太清楚內容。

楊海桐的發言告一段落，總算輪到高木女士。

「謝謝你幫了很多忙，這次的事情也是。」高木女士表達內心的感謝。

楊海桐又接著說：「從今以後，我也會跟朋友，祝福高木老師每天，健康，快樂，一生……一輩子……」

楊海桐講到一半似乎說不出話。他很久沒講日語，一句話講得結結巴巴，不斷更正，但他生硬的日語每一字每一句都發自肺腑。

然而，仍舊不時語塞。高木女士表示這些心意她都懂，大聲說道：「謝謝！」

楊海桐說：「最後，請老師千萬要保重，身體健康。謝謝老師，再見！」依依不捨向老師道別。

跟先前和我聊天時相較之下，他說起話來沒那麼流暢，反而更讓人感受到他對高木女士深刻的情感。彼此之間有著感謝、懷念等情緒，化為語言時卻只有簡單一句「謝謝」。

## 突如其來的噩耗

接下來是背誦「教育勅語」的陳明炎接過麥克風站起來。

「高木老師，恭喜您長命百歲。我是台灣烏日公學校第二十一屆的陳明炎，二年級時在您的班上。我身體還很健康，看到老師我也精神百倍了。

我要秉持『盡人事聽天命』的精神，跟老師一起活到超過一百二十歲。恭喜老師！希望老師能跟小孩還有孫子，一起來台灣玩。我們都很歡迎！」

高木女士聽了之後打趣：「我這把年紀沒辦法啦，你來吧。」

陳明炎接著說：「老師真的還很有活力，謝謝。最後我要祝老師健康、幸福。再見。謝謝老師。」

高木女士也趁幾句話的空檔對他說：「謝謝你的信。」「你也要保重身體。」

之後輪到在信中寫著「世界第一美女！」的楊吉本。

「高木老師，您好！我是楊吉本，這是我太太。我們都很好。今天這個聚會太棒了。您開心嗎？很開心吧？這真是個很棒的活動。台中市長也來了，全校總動員，還有校長哦。大家都很歡迎老師，這就是世界第一，您說對吧？老師。」

他語氣一派輕鬆，卻帶著濃濃的親切感。

高木老師答道：「真謝謝你。」

表達內心的感謝。

「我也很開心。請老師保重，加油哦！」

「順便向你哥哥問好，也謝謝你太太。」

接下來幾位學生也陸續向高木女士問候。這時，楊吉本發現講話的全都是這些學生，於是向高木女士提議。

「高木老師，我們也想聽聽您的近況，請您對大家說幾句話吧。」

高木女士稍稍坐正了身子之後開口。

「台灣的各位同學，請大家要保重身體，活得久一點。希望楊漢宗早日康復，請大家健康長壽，我為各位祝福。很感謝大家今天從這麼遠的地方跟我見面。以前烏日村的村長來向村民道賀時會用台語說『恭喜恭喜』，今天我也要對你們說『恭喜恭喜』。真的謝謝各位來跟我見面，我太高興了。」

接下來，楊吉本針對高木女士剛才那句「順便向你哥哥問好」，說明他兄長的近況。

「楊吉藤啊，上個月已經回到天家。他過世了。他沒什麼病痛就回到天家了，所以請不用掛心。謝謝老師，他是回老家了啦，我們大家再繼續加油！」

高木女士聽了，「這樣啊，那我們多加油。」說完之後久久不發一語。面對突如其來的噩耗，透過螢幕也能深刻感受到高木女士失落的情緒。最後，麥克風交到楊本容手上。他用中文說，另外有口譯員負責翻譯。「高木老師，我是楊漢宗的兒子，我叫楊本容。很高興能收到您寫給家父的信。」

高木女士聽了說道：「我會祈禱你父親早日康復。」感受得到她用盡心力的祝福。

楊本容接著說：「這次我聯絡您過去的學生，能夠再次聚在一起，大家都很高興。」

高木女士感謝他，「全都是靠你聯絡，才把大家聚集起來的吧。」

高木女士最清楚，要不是楊本容盡心盡力，就不會有今天的活動。

「祝福高木老師身體健康，也謝謝今天的活動圓滿成功。希望所有人都健康平安。」

祝福在場出席者健康長壽之後，楊本容又說：「兩年前我拍下家父唱日本歌的片段，想趁現在放給老師看。」

說著他就掏出自己的手機，播放裡頭錄下的楊漢宗唱歌影片。

畫面中出現高木老師過去的學生躺在病床上，唱著〈桃太郎〉這首日本童謠。

「從此以後　你跟我去征討魔鬼的話　我就給你」

看得出來楊漢宗的體力衰弱，但他仍以非常緩慢的節奏，一字一句很努力的唱著。

「這是家父精神比較好的時期，現在他的身體狀況並不好。高木老師，祝福您長壽活到一百二十歲。」

聽到楊本容這麼說，高木女士也笑著回應：「那我就努力活到一百二十吧。」

就這樣，睽違八十年的師生重逢，一眨眼就結束。

## 「想緊緊擁抱」

後來高木女士寫信給我，回顧那天的活動。

「本來想說說那件事，還有想起那段回憶，也想跟那個學生說……。其實本來想每一個人都叫叫他們的名字。（省略）照理說，我做好了心理準備，但活動一開始之後，我表達的大概只有心裡想的一半吧，真是可惜。『這次是學生為我辦了這麼盛大的活動』、『行動不便或是身體不適也在家人的協助下遠道趕來烏日小學』、『坐輪椅、拄枴杖前往』，一想到學生們的心意，在大螢幕上看到他們的身影時，我快哭了，話也說不下去。如果能夠飛到他們身邊，我真想要緊緊擁抱每一個人。

即使彼此沒有交談，但從螢幕上看到學生的表情，可以清楚體會到他們彷彿在說：『老師，您好嗎？好久不見，我來看您了。』從眼神我就能明白。看到坐在第一排的學生頻頻拭淚，我也哭了。當年離開時，我連『再見』都沒能對大家說……。這段日子實在太漫長了。美夢終於實現，果真是充滿熱淚的同學會啊。看著大家的眼神，俗話說『眼神會說話』，真是一點都沒錯。」

即使是闊別八十年的重逢，也能單靠眼神了解彼此的心意，令人充分體會到師生之間的深厚情誼。

在信中，高木女士還是提到了楊吉本的兄長楊吉藤過世的事。

「聽到他過世的消息，我驚訝得說不出話。」

她果然難掩內心的震驚。對於每天祈求學生平安健康的高木女士而言，學生的死比什麼都令她難受。

其實，我在楊吉藤過世之前曾到醫院拜訪過他。就在他過世前大概一個月，看起來身形消瘦，很衰弱，但一口日語仍說得非常清楚。

「我出生於大正十四（一九二五）年十一月二十四日，今年（二〇一五年）九十歲。我是第十八屆的畢業生。高木老師當年很年輕、漂亮，每到畢業典禮之類有活動的日子，她都穿著很整齊正式的洋裝，覺得她好美。高木老師非常重感情，這很難得。就算在台灣也很難遇到這麼好的老師。」

真可惜，他沒能撐到與老師重逢的那一天。

## 再次回到書信往返

至於學生們認為這天的活動如何呢？

參加視訊活動的楊爾宗回顧：「現在平常很少用日語講話了呀。如果能先把要說的內容寫下來，到時候看著講，應該可以流利很多……。對了，

已過世的楊吉藤寫給高木女士的信。

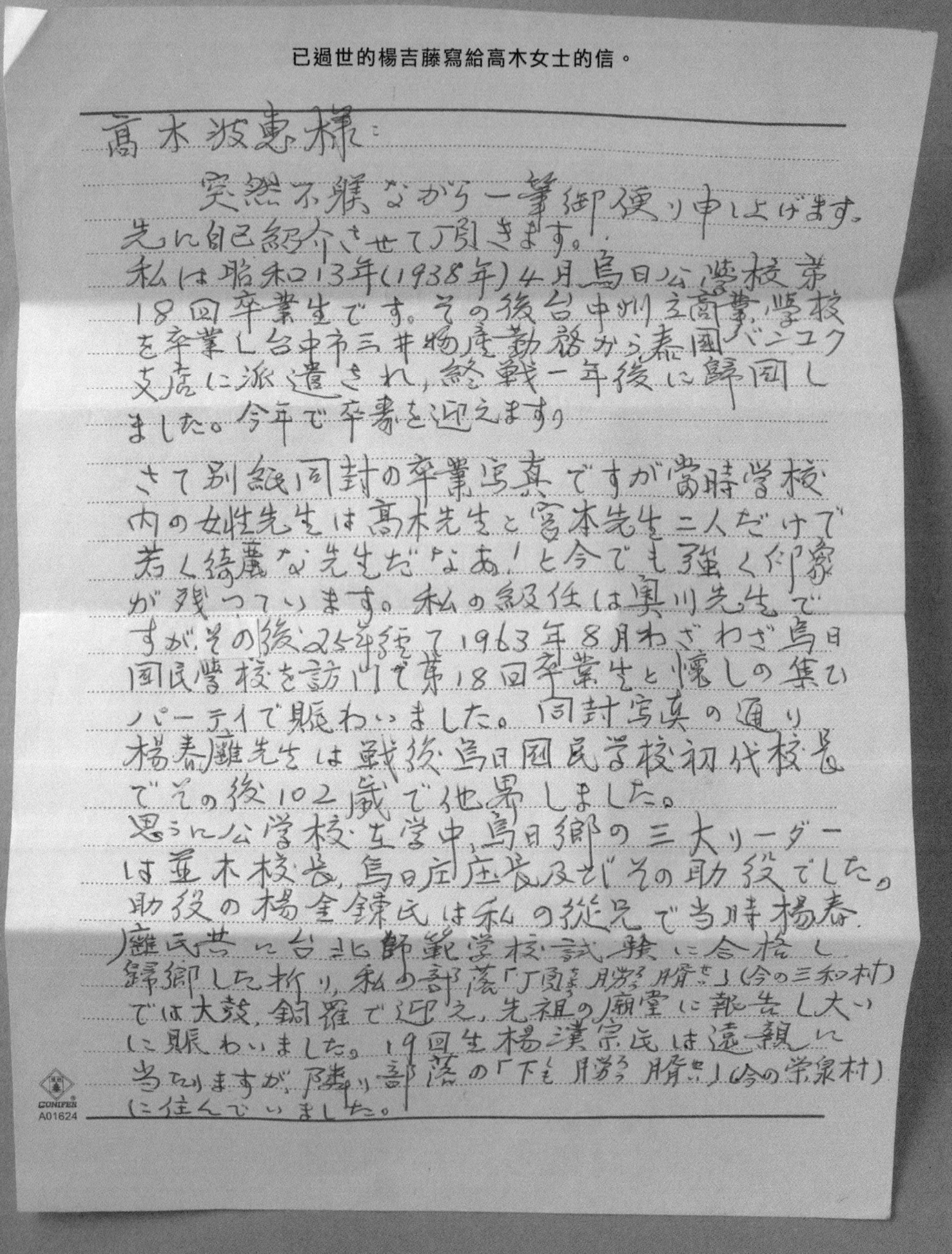

高木淑恵様：

突然不躾ながら一筆御便り申し上げます。
先に自己紹介させて頂きます。
私は昭和13年(1938年)4月烏日公学校第18回卒業生です。その後台中州立商業学校を卒業し台中市三井物産勤務から泰国バンコク支店に派遣され、終戦一年後に帰国しました。今年で卒寿を迎えます。

さて別紙同封の卒業写真ですが当時学校内の女性先生は高木先生と宮本先生二人だけで若く綺麗な先生だなあ！と今でも強く印象が残っています。私の級任は奥川先生ですがその後25年経て1963年8月わざわざ烏日国民学校を訪問で第18回卒業生と懐しの集いパーティで賑わいました。同封写真の通り楊春麗先生は戦後烏日国民学校初代校長でその後102歳で他界しました。
思うに公学校在学中、烏日郷の三大リーダーは並木校長、烏日庄庄長及びその助役でした。助役の楊金鐘氏は私の従兄で当時楊春麗氏共に台北師範学校試験に合格し帰郷した折り、私の部落「頂[illegible]」(今の三和村)では太鼓、銅羅で迎え、先祖の廟堂に報告し大いに賑わいました。19回生楊漢宗氏は遠親に当たりますが、隣り部落の「下[illegible]」(今の栄泉村)に住んでいました。

CONIFER
A01624

老師的生日快到了，我想送她個禮物。這樣老師應該會很高興吧。」

視訊活動所帶來的不僅是重逢的喜悅，感念恩師的心情也更加強烈。

「最令我佩服的是，兩小時的活動老師都一直坐著。很辛苦吧。年紀大的人很難長時間維持同一個姿勢。」

同樣的，楊吉本也說：「畢業都過了七十年，現在沒什麼機會講日語，大家說起話都結結巴巴。講了『空泥幾哇（你好）』之後其他就不會說了。」他露出苦笑。

話說回來，能透過視訊見到老師仍感到非常高興。

「真的很棒耶。並不是全世界都能做到的，這次活動很成功。日本和台灣雖然沒有邦交，但可以透過學校、縣市來交流。」

視訊活動也受到台灣媒體大幅報導。

「一〇六歲日籍師　隔海點名九旬學生——七十多年前曾在台中任教，高齡一〇六歲的日籍女老師高木波惠，昨透過視訊，再次為當年教過的學

生『點名』。她的學生都已年近九旬，見老師現身大螢幕，開心用日語問候，濃濃師生情讓人動容。」（《聯合報》）

「一別七十年　老學生視訊問安日籍百歲師——烏日國小合唱團也特別練唱當時烏日公學校的日文校歌，讓高木老師聽了相當感動，頻頻拭淚。」（《自由時報》）

就連日本的《朝日新聞》也報導了這次重逢。似乎因為高木女士與她的這群學生，台灣與日本都再次想起彼此之間的情誼。

經過這次視訊重逢，老師和學生再次以書信交流。只要彼此保持身體健康，一定會持續下去吧。

終章

# 由書信延續兒孫輩的情誼

## 「想代替父親盡一份力」

這次能成功實現睽違八十年後重逢的奇蹟，最重要的當然是高木女士與這群學生之間的深厚情誼。但也不能忘記擔任橋樑角色、不了解台灣日治時代的這一輩努力奔走。

第一位大功臣就是一開始收到高木女士來信的楊本容，也就是收信人楊漢宗的兒子。楊本容代替臥病的楊漢宗，走訪各個校友家中，把高木女士的來信給他們看。

力邀這些人來參加視訊活動的也是他。

此外，前面提過在視訊活動當天，他從早上就一一打電話通知說好要出席的人，提醒他們，「活動在下午兩點開始，請大家在一點半就要到喔。」一心一意只希望有更多學生參加，讓高木老師開心。

楊本容與父親的恩師從未謀面，為什麼會這麼認真奔走呢？

「我想代替父親盡一份力。高木老師和她那些學生年紀都大了，等於是跟時間賽跑。這次視訊活動能舉辦成功，我真的好高興。」

楊本容不是很健談的人，而且很謙虛，不太說自己的事。但只要一提到父親楊漢宗，他就滔滔不絕。

「家父自公學校畢業後進入台中商業學校，畢業後好像到海南島服了一年兵役。戰爭結束後，一開始他在台中市政府工作了一、兩年，之後又轉職到了警察局。他在商業學校學的是會計，做的也一直是會計的工作。其實對他在家時的樣子我沒什麼印象，但我記得他很愛唱日文歌。

他在村子裡似乎很有聲望。父親這輩子是公務員，我們父子都是公務員，在地方上算是模範家庭吧。」

跟隨著父親腳步長大的楊本容，在中國醫藥學院的夜間部念了五年的藥學，畢業後服三年兵役。他在念大學時就跟著大他兩歲的叔叔一起賣水管，退伍之後業務更拓展到混凝土等建築材料。

一九九七年高鐵的建設計畫提出後，幾名當地的地主組成了「地主權益自救會」，與政府交涉。由於政府的計畫有不完備或是無法顧及當地民眾利益的地方，必須有人居中交涉。

當時擔任自救會會長的楊本容，在眾人的勸說下當上村長。自二〇〇二年到二〇一四年超過十年的時間，他都是烏日小學這一帶的村長。

因為他多年的經驗，又熟悉當地事務，對於聯繫這些校友幫了很大的忙。

「我帶著那封信的影本去找到高木老師以前的學生時，每個人都說『高木老師還活著，而且已經一〇六歲了嗎？』大家都感到很驚喜。我告訴他們，『老師已經一〇六歲了，很關心學生的近況，請大家寫信給她。』我想拍些照片寄給高木老師，所以用手機拍了，但我女兒看過之後說『拍得不太清楚』，她就拿單眼相機幫著我拍攝。」

這件事我也問了楊本容的女兒楊彩屏（三十九歲）。一開始就是她在Facebook上貼文說起高木老師的來信。

她笑著說：「我看到我爸用手機拍的照片，焦距沒對好，拍得不是很清楚。雖然我爺爺生病住院，但我們想讓高木老師知道，還有很多她的學生很好、很健康。

我們去拍照時，大家都有點緊張，刻意擺出姿勢，還有人會特地換衣服，甚至我們到的時候已經換了衣服，做好準備。還會挑選到家裡最乾淨整齊的地方來拍。」

楊彩屏也很積極參與視訊活動的籌備過程，經常和郵局人員陳惠澤等人討論。活動當天，她還充當司機。

背誦「教育勅語」的陳明炎，他太太也是當年同學，但因為她的腳行走不方便，原本陳明炎打算自己一個人騎機車出席活動。不過楊本容一再力邀，對他說：「希望你太太也一起來，不然我會很難過。」

「結果當天是我女兒開車，到他家裡把夫妻倆都載來了。」

楊本容對女兒伸出援手感到驕傲。

「當時幾個學生回覆給高木老師的第一封信，是我女婿幫忙寫地址。可惜他把『高木』寫成『高本』了。」

後來碰巧楊本容生日，家人和親戚幫他辦慶生會，我也受邀參加。

在視訊活動中楊本容把父親的影片拿給大家看。

楊本容就連在自己的慶生會上也說起高木女士的話題。視訊活動當天，台中市政府拍的大合照很好看，而大螢幕上高木女士的臉在修圖之後也更加清晰，楊本容特地將這些照片加洗之後親自分贈給眾人。

「比起用郵寄的，我覺得親自送去才有誠意。」

楊本容現在甚至跟女兒開始計畫，要怎麼帶這些昔日的學生去熊本高木女士的家拜訪。

視訊活動之後，高木女士寄了一封信給楊本容。

「整個活動我都在等，不知道什麼時候輪到你講話。因為我最需要感謝的人就是你。終於等到活動尾聲，你叫我『日本的奶奶』，我聽了好窩心，好高興好高興。你就像我自己的孫子一樣啊。

另外，聽到令尊的歌聲，讓我想起過去一起高唱的〈桃太郎〉。我差點忍不住舉起手伸向螢幕高喊楊漢宗！我在心裡默默祈求，希望他為了你能繼續努力下去。」

我想，身為楊本容的父親，楊漢宗也透過兒子和高木女士及其他同學重逢了。

## 對過世外祖父的回憶

有時候維繫的緣分不是孩子這一代，而是孫子一輩。

高木女士寄給楊漢宗最初的那封信裡，寫了她很想了解近況的一名學生，叫做胡土木。遺憾的是，胡土木已經在四年前過世。

然而，令人驚訝的是在視訊活動之後，高木女士家突然收到了胡土木外孫女寫的一封日文信。

「您好。

冒昧打擾您。我是您在台灣的學生胡土木的外孫女。

前幾天，在新聞裡看到烏日小學創校一百週年紀念的特別報導，裡頭提到高木老師寄來的信經過一波三折順利送到學生手上的過程。這讓我想到，過去家裡也不時會收到老師寄來的信。

我外公過世已超過三年，前陣子整理他的遺物時發現這張照片，好像是幾年前同學會上拍的。我想，或許老師會想看看學生們現在的樣子，冒昧將照片寄給您。

我的日文不好，萬一有失禮的地方還請您多包涵。

最後，祝福您身體健康，幸福平安。

廖于蓁敬上」

收到這封信的喜悅，全展現於高木女士回信的字裡行間。

「我的寶貝學生，班長胡土木，我怎麼忘得了呢？在我擔任二、三年級導師時，他是學生之中又乖又聰明的第一名，沒想到能收到他的孫女寄來的照片。說到台灣烏日公學校，胡土木在台中車站工作時，我的鄰居說要到台灣旅遊，我便託鄰居帶了日本的打火機當作伴手禮，當然，胡土木跟楊漢宗都有。之後胡土木還寄了謝卡給我，到現在我還珍藏著。他們倆都曾經當過我班上的班長，都是非常聰明的孩子。

收到妳的信，真的就像見到妳的外祖父胡土木一樣，好高興，我緊抱著照片不放。第十九居，我好想念的這些學生，啊，胡土木！想到他就難過，眼淚流不停，連照片都溼了。同時也讓我不禁想起年輕的歲月，想起遣返回日本時，連再見也沒能說一聲。我想起那一天，自己從基隆港朝著烏日的方向一鞠躬。我永遠也忘不了在台灣的這群人，我的學生。那段日子我好幸福。回到日本之後還能繼續跟大家通信，真的很欣慰。」

最後她寫道。

「今晚，我懷著這份思念，希望能夢見台灣。如果能見到胡土木跟他說說話，那就太好了。我知道，總有一天，我一定會前往他所在的世界，有他歡喜的迎接我，我也能從此安心永眠。」

我照著高木女士告訴我的地址，前往拜訪廖于蓁（三十六歲）。

她家不太好找，附近的道路曲折複雜。剛好看到一名六十幾歲的婦人在外頭，詢問之下才知道竟然是胡土木的女兒，也就是廖于蓁的母親。她說女兒現在住在附近新蓋好的大樓，她可以帶我過去。

幾年前剛蓋好的大樓現代感十足，跟老家所在的舊社區形成對比。在屋裡的是胡土木的外孫女廖于蓁、她兩歲半的兒子，還有她的表弟。沒多久，廖于蓁的先生也回到家。

她寫給高木女士的日文信是電腦打字後列印出來的，因此我問她：「妳會講日語嗎？」她苦笑用中文回答：「不太會。」好像只是以前學過一點。

為什麼會寄那封信？

「小時候我在外公房間裡看到桌上有很多高木老師寄來的信。我跟外公

**與廖于蓁談笑的筆者。**

說有很多日本寄來的信，給我日本的郵票吧，收集了一陣子。

其實我當初完全不曉得信件的新聞，但九月的視訊活動之後，楊本容叔叔告訴我媽有這件事。我媽跟楊叔叔本來就認識。

只不過聽說這件事之後，一開始也很猶豫要不要寫信。我從來沒見過高木老師，這樣突然聯絡會不會很沒禮貌呢？不過看了報導，知道高木老師現在還很健康，而且仍然非常關心她的學生，到了十月下旬，我才決定寫這封信。外公過世之後，在整理他的抽屜時找到同學會的照片，就隨信一起寄去。那張照片上有我外公在世時的樣子，我想看到照片時，高木老師或許覺得自己也出席了同學會。」

她說，過去高木女士寄來的信還有一些收藏在老家。

「我外公喜歡釣魚和打高爾夫球，家裡放了好多他打高爾夫球得到的獎盃。他很慈祥，而且是個認真、正直、充滿責任感的人。

我考試考得不好時，他會輕輕打我幾下，但獲選模範生的時候，他也大大誇獎我。我覺得他很疼我。他擔任當地社區管委會會長，很有威望。附近鄰居要是有婚喪喜慶，還會來拜託他幫忙收錢、記帳。這也表示大家對他的信任。」

廖于蓁拿了一個木盒，裡頭裝了十來塊手工皂，拜託我拿給高木女士。做手工皂似乎是她的興趣，家裡角落堆放了大量手工皂成品。

最後她拜託我一件事，「十一月初收到高木老師的回信，不過有些內容我看不懂，可以請你幫我看看嗎？」收到回信令她非常感動，有些字句的意思卻不太明白。

我把前面提及的回信內容設法用口頭翻譯說明給她聽，她感觸極深，紅了眼眶。

## 台灣與日本的「情誼」

無論楊本容或是廖于蓁，都是戰後才出生，不了解日治時期的一代。

但他們卻對於自己父親或外公的恩師，而且還是個日本人，有這麼深的感情。坦白說，我很驚訝。

我想起之前我跟送達信件的郵差郭柏村之間的互動。郭柏村幾乎沒什麼政治理念，我猜就是所謂對政治無感的一群。有一次我問他：「對日治時期有什麼想法呢？」

「嗯……」他顯得有些躊躇，沉吟了一會兒，「我沒生長在日治時期，其實沒什麼特別感覺耶。」

他露出苦笑。似乎在說，突然這樣問真的說不上來。

不過，當時我繼續問道：「日本人統治台灣究竟好，還是不好呢？」郭柏村這樣告訴我。「那個時代鋪設了鐵道，進行各種建設，整個社會進步，台灣人普遍守法。但另一方面，日本人也砍了很多甘蔗、檜木，大肆開發森林資源運回本國，對台灣原住民也很殘忍（指霧社事件的鎮壓）。總而言之，我想好的壞的都有吧。」

他語氣平靜，淡淡說道，雙眼正視著我。

我想，這就是目前台灣一般年輕人的想法吧。

「不過，」郭柏村邊說邊在我的筆記本上寫了個字。

「台灣與日本之間有這個。」

我看看他寫的字，「絆」。

「絆」這個字，其實在中文裡是「阻礙」、「束縛」等負面的意思，跟日文「人與人之間無法割捨的連結」的意思不一樣。我不太理解，便反問他。

「我看過日本動畫《火影忍者》，我知道這個字在日文裡的意思。」

原來如此。這是在日本很受歡迎的動畫作品。後來我才知道，二〇〇八年上映的一部劇場版動畫，片名就叫做《劇場版 NARUTO 疾風傳 絆》。郭柏村就是看了這部電影，才了解「絆」這個字在日文裡的意思。

或許，日本在現代台灣人心中所占的比重，比我想像中來得更大呢。

聽說郭柏村蜜月旅行去了德國，他說最近也想去日本旅行。

「到日本不用簽證就能去，我想日本人一定都很親切吧。」

我心想，到時候一定要再約他碰面。不過，可不要等上八十年呀。

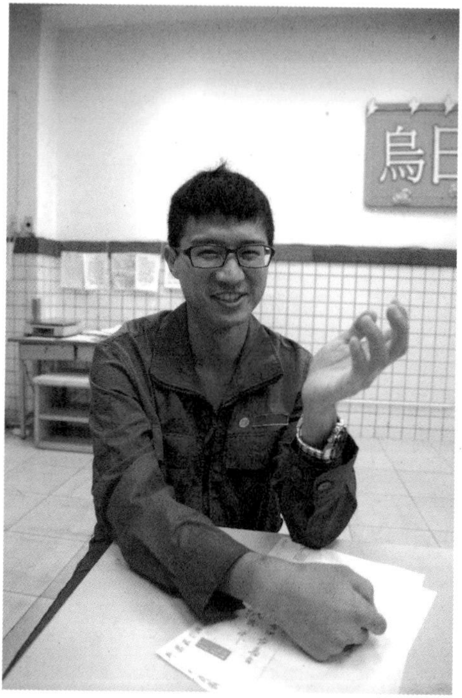


想去日本旅行的郭柏村。

# 後記

「最近可能要麻煩你跑一趟台灣，我把報導寄給你，你看一下。」

有一天，我接到《SAPIO》月刊編輯的電話。

幾分鐘之後，打開信箱就收到一篇《朝日新聞》報導的掃描圖檔。這是報上「特派員筆記」專欄中由台灣總局記者撰稿的報導，標題是「一〇六歲恩師的書信」。

「我覺得這個一定還能寫出很多故事。想請你先找到郵差和那群學生，去跟他們聊聊。」編輯情緒激動說著。

於是，我展開採訪作業，準備寫成雜誌報導。不過在報導完成階段，編輯提出另一個建議。

「這個故事很有深度，你要不要繼續往下做，最後集結成書？」

編輯跟我在熊本採訪完高木女士的回程，來到博多站附近一間賣牛腸鍋的餐廳。坐在二樓的榻榻米座位，我們倆隔著小瓦斯爐面對面，我正努力調整瓦斯爐的火力，避免讓牛腸燒焦，卻聽到這個想都沒想過的提議。

「我非常樂意唷！」

我輕快的回答之後，便再次頻繁往來於台灣與熊本之間。

對於當時旅居中國的我來說，台灣是個感覺很近卻又遙遠的地方。台灣人每個都好親切，比如路邊小餐館有初識的台灣人會突然請我吃飯，或我只是問個路對方卻開車送我到目的地。我要特別強調，絕不是我厚臉皮主動央求。我也覺得不好意思想婉拒，但對方非常堅持直說別客氣，最後我也就恭敬不如從命。

每一位採訪對象對我都非常友善親切，但在採訪的過程中，我開始感受到一股無以名狀的沉重。不是壓力，也不是長期採訪之下累積的疲勞。

「好像受到了大家的託付……」

我有這種感覺。

忘了是在第二次採訪高木女士，長談後返回東京的路上；還是在視訊會場上看著雙方努力溝通的那一幕。總之，過程中結識的人愈來愈多，陸續收集到每一個人的想法後，感覺似乎有人把某種金錢買不到的貴重物品交到了我手上。

「來，請收下。」

這份遠在我出生前的過往記憶，九十年、或是超過百年的漫長人生，在他們對我傾訴之後，決不能只是覺得「哇！真有趣！」就打發了。必須讓這些故事具體成型，讓其他人知道。縱使沒有任何人要求我這麼做，一股使命感卻油然而生。

在台灣採訪時，不只一次想著如果早個十幾年做這件事就好了。胡土木、陳岩火、楊滿福、林清田這幾位高木女士過去的學生，在採訪時都已登仙界，或是下落不明。

也有在採訪過程中過世的人——楊吉本的兄長楊吉藤。

他在信件開頭寫著「冒昧打擾」，以及憶起當初看到高木女士時，「覺得真是年輕又漂亮的老師！至今仍印象深刻」。

我見到他時，他腿部受到細菌感染化膿而住院，但聲音洪亮，精神很好。我以為他應該很快能康復，沒想到突然接到他兒子傳來的噩耗。

高木女士聽到楊吉藤去世噩耗時的悲痛表情，我怎麼也忘不了。

拜訪的這些人雖然身體看來都很硬朗，不像他們實際的年紀，但還是讓我體會到，他們都是比我接近死亡的年齡。十年後，可能人數會變得更少。

在我心裡浮現「受到了大家的託付」這種感受時，坦白說也有另一股情緒。

「這事情該由我來做嗎？」

雖然我從事記者、撰稿一類工作已有十年經驗，但無論採訪能力、寫作能力，都還沒有充分自信。對於台灣的歷史、社會背景談不上精通；就連中文，好過我的人也比比皆是。換一個更優秀的人，或許能寫出不同的內容。

話雖如此，這個重擔不知為何就落在我身上了。

就像烏日的郵差直覺「這封信一定非常重要！」於是挨家挨戶訪查，我也想把這個珍貴的故事努力讓更多讀者知道。

對於特地花時間告訴我很多寶貴故事的高木女士和她的家人，還有台灣各位烏日公學校校友、郵局人員、校長先生等給予大力協助的各界人士，我想表達由衷的感謝，但更重要的是此刻我非常想問他們：「我好好完成這項任務了嗎？」

尤其高木女士、她的女兒惠子及兒子保明，我對他們實在是感激不盡。不知道有多少次，我都是從惠子女士文情並茂的書信中獲得採訪的靈感。採訪時還吃到她親手做的咖哩飯、什錦蔬菜雞肉湯，真是美味可口。

保明先生在眾多的採訪邀請中，總是能回應我許多無理的請求，我深深感謝。每次採訪，他都親自開車接送我，而且明明是我上門叨擾，他竟然還讓我帶著伴手禮回家，著實對我關照備至。

此外，在本書中沒有提到的烏日公學校畢業生陳秋紅、林瑞熹，以及高木女士之弟幸壽的好友林丙丁的家人，在採訪過程中也承蒙他們大力協助。

責編酒井裕玄、吉澤直哉也對我關照有加。另外，感謝攝影師横田紋子為我拍攝封面照片，其他還有設計師、校對人員、印刷廠……實在太多太多人要感謝了。

過去我常覺得，一本書後記裡「對相關人員的謝辭」似乎沒什麼必要，但這本書光靠我一己之力絕對無法完成，現在我也認為必須要有這一段。話說回來，撰寫後記的此刻，全書的編輯作業尚未完成，現在言謝似乎有點早。

我在中國旅居了六年，但最後仍然無法適應這個國家，為了寫這本書又回到日本。當然，中國有它獨特的優點，也有很多友善的人，但我還是經常感受到這個地方跟我的價值觀不太合。

倒不是因為這樣就單純二分為中國反日、台灣親日，只是在戰後七十年之際，日本總是聚焦在中國、韓國，很容易忽略台灣的存在。我深深體會到，日本人必須更進一步了解台灣，了解台灣與日本的歷史。

至少在這次的採訪中，能清楚認知在戰前的台灣，有一名日本教師與台灣學生之間真真切切的情誼，而且仍長存至今。

別忘了日本與台灣的感情。

這是承蒙高木女士厚愛，視我如孫子之下，我能盡的一己之力。

高木女士在受訪最後說了一句話。

「啊，這輩子也很精采啦。」

我也希望，將來能用這句話描述自己的人生。

最後順帶一提，我寫稿的速度實在太慢，前一陣子高木女士剛過生日，高齡滿一〇七歲。看來真能見她活到一百二十歲。

scene 03

# 終於寄達的信

## 106歲日本教師與88歲台灣學生的感人重逢

作　　者　西谷格
攝　　影　橫田紋子、西谷格
照片提供　高木保明、楊本容
譯　　者　葉韋利
主　　編　曹　慧
編輯協力　陳以音
封面設計　三人制創
行銷企畫　童敏瑋
社　　長　郭重興
發行人兼出版總監　曾大福
出版總監　陳蕙慧
總 編 輯　曹　慧
編輯出版　奇光出版
E-mail: lumieres@bookrep.com.tw
部落格：http://lumieresino.pixnet.net/blog
粉絲團：https://www.facebook.com/lumierespublishing
發　　行　遠足文化事業股份有限公司
http://www.bookrep.com.tw
23141新北市新店區民權路108-4號8樓
電話：(02) 22181417
客服專線：0800-221029 傳真：(02) 86671065
郵撥帳號：19504465 戶名：遠足文化事業股份有限公司
法律顧問　華洋法律事務所 蘇文生律師
印　　製　呈靖彩藝股份有限公司
初版一刷　2018年6月
定　　價　300元


歡迎團體訂購，另有優惠，請洽業務部（02）22181417分機1124、1135



國家圖書館出版品預行編目資料

終於寄達的信：106歲日本教師與88歲台灣學生的感人重逢 / 西谷格著 ；葉韋利譯. -- 初版. -- 新北市 : 奇光出版 : 遠足文化發行, 2018.06
面；　公分

ISBN 978-986-96308-0-1 (平裝)

861.67　　　　107005655

線上讀者回函

感謝您購買 **終於寄達的信：** 106 歲日本教師與 88 歲台灣學生的感人重逢

為了提供您更多的讀書樂趣，請費心填妥下列資料，直接郵遞（免貼郵票），即可成為奇光的會員，享有定期書訊與優惠禮遇。

姓名：＿＿＿＿＿＿＿＿ 身分證字號：＿＿＿＿＿＿＿＿

性別：□女 □男 生日：

學歷：□國中（含以下） □高中職 □大專 □研究所以上

職業：□生產\製造 □金融\商業 □傳播\廣告 □軍警\公務員

□教育\文化 □旅遊\運輸 □醫療\保健 □仲介\服務

□學生 □自由\家管 □其他

連絡地址：□□□ ＿＿＿＿＿＿＿＿＿＿＿＿＿＿

連絡電話：公（ ）＿＿＿＿＿＿ 宅（ ）＿＿＿＿＿＿

E-mail：＿＿＿＿＿＿＿＿＿＿＿＿＿＿＿＿

■您從何處得知本書訊息？（可複選）

□書店 □書評 □報紙 □廣播 □電視 □雜誌 □共和國書訊

□直接郵件 □全球資訊網 □親友介紹 □其他

■您通常以何種方式購書？（可複選）

□逛書店 □郵撥 □網路 □信用卡傳真 □其他

■您的閱讀習慣：

文　學 □華文小說 □西洋文學 □日本文學 □古典 □當代

□科幻奇幻 □恐怖靈異 □歷史傳記 □推理 □言情

非文學 □生態環保 □社會科學 □自然科學 □百科 □藝術

□歷史人文 □生活風格 □民俗宗教 □哲學 □其他

■您對本書的評價（請填代號：1.非常滿意 2.滿意 3.尚可 4.待改進）

書名＿＿ 封面設計＿＿ 版面編排＿＿ 印刷＿＿ 內容＿＿ 整體評價＿＿

■您對本書的建議：

請沿虛線剪下

Lumières
奇光出版
客服電話：0800-221029
傳真：02-86671065
電子信箱：lumieres@bookrep.com.tw

請沿虛線對折寄回

| | |
|---|---|
| 廣　告　回　函 | |
| 板橋郵局登記證 | |
| 板橋廣字第1140號 | |

免貼郵票

23141
新北市新店區民權路108-3號3樓

**木馬文化事業股份有限公司　收**

請沿虛線剪下